한라생태숲 탐방기

한라생태숲 탐방기

양영수 숲 에세이

도화

애초에 내가 한라생태숲에 구경 다니기 시작한 것은 그냥 숲속의 공기를 들이마시면서 심신의 기력을 되살리자는 목적에서였다. 마침 척추 대수술을 한 탓으로 오르막 산행을 하지 못한다는 사정도 있었다. 숲 구경을 여러 번 다니는 동안에 여기서 자라는 수목의 생태에 관해 많이 알게 되었지만, 알면 알수록 모르는 것들이 너무 많아서 관련 서적이나 인터넷 검색을 통해서 많은 것을 얻어 배우게 되었다. 그러나, 식물학적인 지식은 전문적으로 깊이 들어갈수록 더 이상 들어갈 수 없거나 들어가고 싶지 않은 어떤 벽에 부딪치는 것만 같았다. 내가 식물학자가 아니라 소설가였으므로 당연한 일로 여겨지면서 내 마음이 옆길로 빠져들기 시작했다. 식물학자가 아닌 소설가의 눈으로 식물을 보고 식물들 세계를 소설가적인 상상력으로 감상해 보자는 생각이었다. 숲공원 탐방기를 써나가는 동안에 내가 녹색문화 운동의 역군이 된 것 같은 생각도 들었지만, 식물들 생태의 실상은 환경운동이나 학술연구의 관심사이기만 할 것이 아니라, 생활인들의 흥미있는 화젯거리도 될 수 있을 것이라는 점에 관심을 두게 되었다. 탐방기를 읽어줄 보통사람들의 입장을 고려하고 싶었던 것이다. 이 탐방기의 형식적인 수신자가 실제 인물인 것은 아니고, 내가 탐방기를 쓰는 동안에 이를 읽어줄 의중의 인물을 설정하여 교신하는 형식을 취하기로 했다. 의중에 두는 인물에게 이런 말을 하면 어떤 반응이 나올까를 상상하면서 탐방기를 써나가는 것이 화제를 더 풍부하게 해주었다 할 것이다.

차례

한라생태숲 탐방기

1월

소나무

한라생태숲 탐방기를 써서 선배님에게 보내는 일이 앞으로 1년 간 저에게 중요 과제가 될 것 같습니다. 분망한 대도시 생활에 여념이 없는 선배님이 저의 탐방기를 읽어보시고 이곳 한라 생태숲에 직접 구경 와서 즐기시는 기분을 낼 수 있다면 좋겠습니다. 요즘 제주도에는 한라산을 중심으로 가볼 만한 자연경관 명소가 많지만, 저와 같은 척추 질환자에게는 그림 속의 떡이지요. 여기 한라생태숲은 오르고 내리는 비탈지대가 거의 없는 평지이기 때문에 저는 여기서 아주 쉽게 숲 구경을 할 수 있는 것을 말년의 복으로 생각하고 있습니다. 생태숲 탐방기가 좀 길게 나온다면 그것은 숲 체험의 의미를 제 자신에게 확인하고 기억하고 싶은 소치라고 생각해 주시기 바랍니다.

한라생태숲은 제주시내에서 남쪽으로 자동차로 10분 정도만 올라가면 대로변에 있기 때문에 아주 편하게 갈 수 있는 곳입니다. 저처럼 시내버스로 여기를 찾아가는 사람들도 많은 형편이니까, 서울 사는 사람들에게는 꿈만 같은 일이지요. 이곳 숲공원을 한바퀴 돌아보고 나오려면 한 시간 정도 걸리지만, 안내지도에 나온 곳을 빠짐없이 다 돌아보려면 서너 시간이 걸릴 수도 있습니다. 해발 6백 미터 정도의 한라산 기슭에 위치하고 있으니, 한라산 고산지대의 식물과 더불어 제주도 해변의 식생까지 폭넓게 수용할 수 있는 위치라고 합니다.

저의 1월 달 테마는 소나무입니다. 어릴 때부터 아주 흔하게 보아왔기 때문에 잘 안다고 생각했던 소나무인데, 뜻밖에도 흥미있고 심오한 생명현상들을 이 나무를 통해서 알게 되었습니다. 소나무가 갖고있는 여러 가지 생태적 특징들은 모두 이 식물의 선대先代 종자가 고생대에 출현하여 진화 역사의 경륜이 제일 오래되었다는 사실에서부터 나타난 것이라고 합니다. 그 아득한 옛날에 지구상에 제일 먼저 출현한 나무가 소나무의 조상이라는 것입니다. 그냥 오랫동안 살아온 최고령 수목이기만 한 것이 아니라, 오래 살아온 경륜에 어울리게 생물이 살아가는 이치와 질서를 몸 전체로 증거하고 있다는 것입니다. 생명을 탄생시키고 유지하게 만드는 에너지는 우선적으로 태양에서 나오는 것인데, 소나무는 햇빛을 좋아하는 양수陽樹기 때문에 소나무 아래에 쌓인 눈은 다른 데보다 먼저 녹는다는 얘기였습니다. 소나무의 겉껍질이 거북이 등껍질 모양으로 갈라진 것을 기억하시겠지요. 매끈하지 못한 외피가 얼른 보기에 거치장스러울 수도 있지만, 비늘모양의 나무껍질은 식물의 원만한 호흡작용을 위한 것이라고 합니다. 사람이 피부로도 호흡하는 것처럼 나무들도 껍질을 통하여 호흡한다는 것입니다. 소나무 껍질의 자기 보호용 수액樹液도 그렇답니다. 가지가 부러진 소나무 상처에서 흐르는 수액은 송진으로 변하는데, 송진은 수액 누출을 방지할 뿐만 아니라 세균류나 해충의 공격에 대한 방어벽이 된다는 것이니 식물치고는 자기보호 대비가 준수한 고등식물인 것이지요.

소나무가 바늘 모양의 잎을 키우는 침엽수라는 데에도 깊은 뜻이 있다는 겁니다. 침엽수는 잎이 가늘어서 광합성 활동에는 불리한 대신에 수분 증발이나 바람과 추위를 막아주는 이점이 있는데, 이처럼 자기방어 대비가 준수해서 빙하기에도 잘 견디었고 지금도 추운 지역에 잘 자랍니다. 또 하나 흥미있는 사실은, 나무 전체의 수형이 좋아지는 데에는 활엽수보다 침엽수가 더 유리하다는 것입니다. 활엽수는 햇빛을 받는 데에는 유리하지만, 바람에 대한 자기방어력은 약하기 때문에 키가 높이 자라는 것보다 옆가지를 키우는 것이 더 중요한 반면에, 침엽수는 햇빛 이용하기는 불리하지만 바람막이는 비교적 유리하다는 것입니다. 소나무를 비롯하여 편백이나 구상나무 등 침엽수는 쓸데없는 옆가지 키우는 것보다 가운데 줄기를 꼿꼿하게 키우는 데에 열중할 수 있기 때문에 나무의 수형이 질서정연한 모습으로 자랄 수 있다는 겁니다. 소나무 중에서도 고령의 노송이 특히 운치있는 모습을 만들 수 있는 것은, 워낙 장수 식물인 소나무는 오랫동안 키를 키운 다음에 주변에 방해물이 없어지고 나서 마음껏 옆가지 키우기를 할 수 있어서일 것 같습니다.

소나무는 우리 한민족과 가장 친근한 나무라는 점도 관심 대상이 되지요. 한민족이 한반도에 정착하기 훨씬 이전에 먼저 들어와서 서식하기 시작한 이래로 소나무 숭앙은 우리 민족의 전통처럼 되었다는 겁니다. 옛날 왕조시대부터 숲속의 소나무 벌채를 금지했고, 왕궁이나 사찰을 지을 때는 우선 소나무 목재를 찾았다고 합니다. 얼마 전에 남대문이 화재를 당했을 때 복원 공사에 쓰일 목재는 태백산맥 깊은 숲속의 금강송金剛松을 구해다가 써야한다는 말이 있었지요. 천년을 산다는 학鶴도 소나무 위에 앉아야 어울린다고 보았다는 겁니다. 소나무는 일반국민들에게도 일상적인 쓰임새가 많았다고 합니다. 옛날 사람들은 소나무 속껍질을 구황식품으로 알았다고 하네요. 송화가루로는 다식이나 강장제를 만들었고, 솔잎으로는 추석명절에 시루떡 쪄낼 때 방부제로 썼고, 송진은 고약 등의 약재나 초롱불 연료로 썼다고 하네요. 값비싼 송이버섯은 솔잎 쌓인 아래에서 키웠다고 합니다. 소나무 술은 또 얼마나 여러 가지인지, 솔잎으로는 松葉(송엽)

주, 솔방울로는 松實(송실)주, 솔뿌리로는 松下(송하)주, 소나무옹이로는 松節(송절)주를 만들었다고 합니다. 전국적으로 천연기념물로 지정된 나무들이 많은데, 여기에는 소나무가 단연 최고로 많다고 하네요. '남산 위에 저 소나무'라고 애국가에 소나무가 나오는 것이 우연이 아니지요.

척박한 토양이나 건조한 바위틈새에서도 잘 자라는 소나무의 생명력은 고난의 역사를 헤쳐온 한민족의 역사를 닮았다고 하지요. 소나무가 충절의 상징인 것도 한민족의 역사와 상통한다고 생각됩니다. 불사이군不事二君의 충절 전통이 우리처럼 강한 나라가 세상에 흔치 않다는 것이지요. 추운 겨울에도 독야청청할 수 있는 내구력이 있기 때문에, 소나무를 충절의 상징으로 친다는 것인데, 소나무를 이식할 때 바로 이 같은 충절의 기개가 나타난다는 것입니다. 소나무를 옮겨 심을 때에는 이제까지 자기 몸을 키워주던 흙을 함께 옮겨주어야 잘 산다고 합니다. 게다가 한번 베어버린 소나무 가지 밑둥에서는 새로 싹이 나지 않는다고 하는데, 이것도 구차하게 목숨 살려달라고 애원하느니 차라리 죽음을 택한다는 망국전야 고려국의 충신 정몽주를 연상시키지 않습니까. 소나무에서 나타난다는 타감작용他感作用이라는 것도 고고하고 도도한 이 나무의 성질을 보여준다고 생각됩니다. 타감작용이란, 어떤 생명체가 가까이에 있는 다른 생명체에게 피톤치드 같은 휘발성 공세의 물질을 발산하는 것인데 소나무에는 이 같은 힘이 강하기 때문에 소나무 가까이에는 소소한 다른 식물들이 생존하기 어렵다는 것입니다. 최근 들어 소나무가 도심부의 가로수 수종으로 각광을 받기 시작한 것은, 소나무의 타감작용에 의한 오염물질 제거에 탁월한 기능을 인정받기 때문이라고 합니다.

한라생태숲에서 제일 많이 눈에 뜨이는 수종이 소나무입니다. 이 숲공원은 원래부터 있던 오래된 자생 숲을 기반으로 하여 조성되었기 때문에 하늘 높이 크게 자란 소나무 거목들도 많이 있습니다. 소나무는 옛날부터 십장생에 꼽혔을 정도이니, 백년노송百年老松도 많이 있을 것입니다. 나이 어린 소나무의 외양은 다른 수종 나무들과 별로 다른 것이 없어보이는데, 노령에 이른 소나무 거목의 자태는 어딘가 위엄 있고 운치 있다는 것이 느껴집니다. 최장 기간의 진화과정이라는 오랜 역사를 품은 나무인데다가, 다시 백 년을 살면서

터득한 지혜가 나타난 것이 아닐까요. 고령의 거목 소나무들은 나뭇가지 하나 뻗쳐가는 것도 예사롭지 않은 심미안을 보여주는 것만 같습니다. 마치 어릴 때부터 꿈꾸던 늘그막 풍치의 구도가 뒤늦게야 나타난 것 같습니다. 옛날 한민족의 문인화나, 민화, 병풍그림, 도자기 장식 등에서 대표적인 소재가 소나무였지 않습니까.

그림 속의 소나무라고 하면 추사 김정희의 세한도歲寒圖가 연상되는 것이 우리 제주도 사람 아니겠습니까. 물론 세한도 안에 나오는 소나무는 장엄한 거목과는 거리가 멀지요. 초라한 초가집 지붕 옆에 서있는 두어 그루 늙은 소나무에는 잎사귀도 거의 다 떨어져 버렸고, 눈이 내린 흔적은 없지만 바라보기만 해도 한기가 담겨있고 허허롭지 않습니까. 작품 이름의 뜻 그대로 으스스 스산한 세월이 느껴지지요. 그러나 이 그림을 가만히 들여다보면 쓸쓸한 고목나무의 자태이면서도 당당하고 의연하여 불굴의 기개 같은 것이 느껴지지 않습니까. 굳건하게 뿌리박고 서있는 이 나무들은 찬바람 눈보라가 아무리 휘몰아쳐도 끄떡하지 않을 것 같습니다. 단종애사의 충신 성삼문의 싯구 '백설이 만건곤할 제 독야청청 하리라'는 표현이 실감나지 않겠습니까.

　소나무 예찬에 반대하고 심지어는 소나무망국론을 펴는 사람들이 있다는 말을 들어보셨는지요. 강인한 생명력으로 인하여 한반도에서 제일 넓은 땅바닥을 차지하고 있는 소나무는 여러 가지 이유로 한반도에서 퇴출시켜야한다는 것입니다. 산불 일으키기 쉬운 인화성 목질인데다 소나무재선충에 의한 집단 사멸의 위기에 직면해 있고, 목재나 땔감으로서의 소나무 효용도 사실무근 임이 드러났기 때문에 일본의 예를 따라서 소나무 숭앙 시대를 종언시켜야 된다는 얘기입니다. 이들의 주장은, 소나무가 한민족에게 숭앙 대상이 되었던 것은 살아있을 때의 멋스러운 운치 때문에 과대평가를 했던 것이고, 죽은 다음의 소나무는 별로 쓸모가 없다는 것입니다. 죽은 다음에 소나무의 용처는 땔감과 목재로 쓰이는 것인데, 소나무 대신에 참나무 종류가 더 좋은 땔감과 목재로 쓰일 수 있다는 것입니다. 옛날 우리 조상들은 살아있는 소나무의 우아한 자태를 선호했음에 비해, 요즘 사람들은 죽은 다음에 오는 소나무의 실용적인 가치를 더 중시한다는 얘기입니다. 그러나, 소나무 재질의 실용적 열악성 때문에 이

나무의 뛰어난 풍치와 충절 이미지를 거부할 필요는 없을 것입니다. 소나무에 대한 심미적 숭배 문화는 그것대로 소중한 전통으로 이어받으면서 현대적인 실용주의 관점에서 소나무 재목의 합리적인 용처를 찾아야 할 것이라는 생각이 듭니다.

2월

매화, 수선화, 복수초

새봄이 왔음을 알리는 전령사 같은 꽃이라면, 목본으로는 매화가 있고 초본으로는 수선화가 있습니다. 매화는 우리 조상들의 문인화에서 대표적인 소재인 매란국죽梅蘭菊竹의 필두에 서는 꽃으로서 선비들의 고결한 기개를 상징했지요. 고아한 품격의 매화는 동양화의 한 부분으로 많은 사랑을 받는 한편 우아한 양반집 정원의 가운데 자리를 차지했습니다. 매화가 고아한 품격을 유지하기 위해서는 약육강식의 험악한 경쟁이 벌어지는 야산의 들판에 거점을 마련할 수는 없었을 것 같습니다. 한라산에 자생하는 원래의 수목들 위주로 육성된 한라 생태숲에서 나이 든 매화나무가 없는 것은 당연하고, 이식되어 들어온 매화나무들이 지금 한창 자라고 있는 중입니다.

제주도의 봄꽃 전령사로는 제주수선화가 있습니다. 제주수선화는 제주도의 전역에서 쉽게 볼 수 있고 그 안에는 수십 종이 있지만, 그 가운데 특히 유명한 것은 추사 김정희의 적거지에서 많이 볼 수 있는 금잔옥대입니다. 금 술잔과 옥 잔대라는 뜻인 금잔옥대는 가운데꽃[副花冠]과 곁가지꽃이 마주보는 명확한 이중구조를 이룹니다. 짙은 노랑색의 홀쭉한 컵 모양인 가운데꽃[금잔]이 순백색의 곁가지꽃[옥대]을 내려다보면서 우뚝 서있는 금잔옥대는 청초한 색깔과 의젓한 풍채가 돋보입니다. 옥대를 내려다보는 금잔이 방울 모양이라고 해서 방울수선화라고도 하지요. 추사가 제주도 대정현으로 유배되어 왔을 때 제주도 곳곳에서 자라는 이 수선화가 주민들에게 천덕꾸러기 잡초라고 홀대 당하는 것을 보고 안타까워했다고 하지요. 그의 각별한 사랑을 받았던 수선화는 이 같은 에피소드 덕분에 제주도의 명물로 알려지게 되었다고 할 수 있습니다. 수선화를 제주도 말로는 '물마농'이라고 하는데, 물을 많이 먹는 마늘이라는 뜻이지요. 말에게나 주는 잡초 정도로 박대를 받았다는 말도 있는데, 이 식물에 독성이 있음을 알았으면 말에게 먹일 리가 없었을 것이니, 이런 말은 낭설이라고 봐야지요.

수선화의 꽃말이 고독과 자기애와 허영인 것은 그리스신화의 나르키소스 이야기에서 유래했다고 합니다. 나르키소스는 자신이 흔치 않은 미남이라는 자존심 때문에 수많은 여자들의 구애를 뿌리쳤다는 데에서 비극의 단초가 시작됩니다. 나르키소스를 지극히 사랑한 에코(Echo; 메아리) 역시 자기 표현을 할 줄 모르고 상대방 말을 듣고 반복하기만 하는 여자였으니 사랑이 이루어질 리가 없지요. 자신의 허영심을 만족시켜주는 여자가 없음을 안 나르키소스는 연못 속에 비친 자기 얼굴로 눈을 돌리게 되는데, 세상에 이렇게 잘난 사람이 있냐고 자기도취에 빠진 그는 물속에 비친 얼굴을 붙잡으려고 하다가 물속에 풍덩 빠져서 죽게 된다는 이야기입니다(나르키소스에서 나온 영어단어인 'narcissism'이 '자기도취'라는 뜻으로 정착될 정도로 서양에서는 널리 알려진 이야기이지요). 수선화가 꽃을 피우는 겨울철에는 찾아오는 벌과 나비도 있을 리 없고, 나란히 이웃하여 벗 삼을 만한 다른 꽃들도 없는 삭막한 세상입니다. 이같이 도도한 수선화가 시들어서 자취를 감춘 다음에라야 다른 식물들이 꽃이나 새싹 모습을 보이기 시작하니 이 식물은 삶과 죽음을 고독한 운명으로 시종하는 셈이지요. 추운 겨울에 저홀로 외로이 피는 꽃의 기이한 생태가 자기 생각밖에 모르는 고집불통 사나이에 비견되는 이야기에서 그리스신화의 자연과학적 상상력을 보는 것 같습니다.

고독이라는 꽃말이 연상되어서인지 수선화는 누구에게 선물로 주는 것을 삼가야 된다고 합니다. 수선화의 상징성 같은 것을 모르는 사람도 이 꽃의 움츠러드는 것 같은 분위기를 보면 다정한 친교의 뜻으로 누구에게 갖다줄 생각이 나지 않겠지요. 여기에서 박인걸 시인의 「수선화」라는 시를 잠깐 읽어보는 게 어떨른지요. '건드리기만 해도 / 눈물을 왈칵 쏟을 것만 같은 / 돌담 아래 외로이 서있는 / 수선화 닮은 여인아.' 지금 이 시인은 눈앞에서 외로운 수선화를 보고 있을까요, 외로운 여인을 보고 있을까요. 두 가지 경우를 모두 생각할 수는 있지만, 수선화를 보면서 여인을 상상하는 쪽의 정서가 더 애절하다는 생각이 드네요.

한라생태숲에서도 조촐한 수선화 군락지를 만들어 놓았는데, 그 위치는 고독한 이 꽃의 이미지와 어울리게 탐방로에서 얼마쯤 벗어난 한적한 곳입니다. 차디찬 겨울 벌판에 홀로 핀 수선화꽃을 보는 사람들 중에는 김동명 시에 김동진이 곡을 붙인 가곡 '수선화'를 연상하는 이들이 많을 것입니다. 이 노래 안에서도 수선화는 '차디찬 의지의 날개로 끝없는 고독의 위를 날으는 애달픈' 모습으로 묘사되고 있습니다. 고독에서 벗어나는 길은, 뜨거운 열정을 가지고 사랑의 대상을 나의 세계 바깥에서 찾는 것이거늘, '차디찬 의지'를 안으로만 굳히는 것인지 고개를 깊숙이 숙인 채 자기 앞을 바라볼 줄 모르는 수선화의 자폐증적인 모습이 안타깝기만 합니다.

수선화보다는 좀 늦지만, 한라산 일대에서 봄을 알리는 전령사 풀꽃으로는 복수초도 있습니다. 하얀 눈 무더기 속에서도 성성한 황금색 꽃을 피우는 당찬 풀꽃인데, 두껍게 쌓인 눈을 뚫고 나와 꽃을 피우면 그 주위가 동그랗게 녹아들어 구멍이 난다고 해서 얼음새꽃이라고도 한다는군요. 복수 초라는 이름이 오해를 많이 일으키는데, 여기서 복수는 원수 갚는 복수復讐가 아니라 행복과 장수를 뜻하는 복수福壽입니 다. 잎은 고사리와 비슷한 모습이지만, 독성이 강하여 사람 이고 짐승이고 먹으면 사망에 이를 정도라는데, 이 풀꽃의 강한 생명력이 독성으로 통하는 모양입니다. 복수초의 강한 독성은 인체의 체력 강화에도 작용하는지 한약 약재로도 많 이 이용된다고 합니다. 그 강인한 생명력을 한꺼번에 발산한 탓인지, 꽃을 피우고 나서는 잎부터 시들어지면서 휴면기에 들어간다는 것도 신기합니다. 그야말로 드라마틱한 에너지 가 넘쳐나는 한평생일 것 같습니다. 한라생태숲에서는 복수 초 군락지가 여기저기 아주 흔하게 산재해 있는 것을 보면, 계획적인 식재가 아니라 그냥 저절로 형성된 군락지 같습니 다. 복수초는 드라마틱한 생명력으로 한평생을 산다는 뜻에 서 제주도의 굴절 많은 역사와 통한다는 생각을 해봤습니다.

눈 쌓인 아래에서 꽃을 피우는 복수초를 고통에 잘 견디 는 인내력의 모범생처럼 말을 하지만, 이 식물에 대해서는 인내력보다는 환경적응의 지혜를 평가해야한다는 것을 알았습니다. 겨울에 싹을 틔우는 식물에게는 그 위에 쌓이는 눈덩이가 생존환경을 악화시키는 것이 아니라 오히려 보호한다는 것입니다. 만약에 눈덩이가 포근히 덮어주지 않았더라면, 더 차갑고 매서운 서릿발이 내리뻗치거나 한겨울 모진 강풍이 휘몰아칠 수 있는데 이런 재앙을 미연에 방지해주는 것이 눈이라는 얘기입니다. 어쨌거나, 눈덩이의 단열효과를 잘 이용하는 복수초는 환경적응의 지혜가 탁월한 식물이라는 말이지요.

복수초가 영문자로는 아도니스(adonis)라고 불린다는 것을 알고 저는 깜짝 놀랐습니다. 아도니스는 그리스신화에 나오는 절세의 미남인데 소설이나 그림의 소재로도 많이 등장하지요. 아도니스는 그리스신화에서 많이 볼 수 있는 드라마틱한 비극의 주인공인데, 복수초의 한 평생도 드라마틱한 셈이니까 아도니스라는 이름이 어울리는 것 같습니다. 비극의 단초는 근친상간인데, 과람한 정사의 비극을 일으키는 장본인은 노상 사랑과 미의 여신 아프로디테이지요. 아프로디테 여신이 태어났다는 사이프러스 왕국의 왕비가 미의 여신의 자존심을 잘못 건드린 결과 여신은 이 나라의 왕과 공주

사이의 근친상간 사건을 배후 조종하지요. 자신의 실수를 뒤늦게 알게 된 왕은 임신 중의 공주를 죽이려고 뒤쫓아가는데, 검으로 공주를 내려치는 순간 여신의 술책으로 공주에게서 태어난 아이가 후에 아도니스라고 불리게 됩니다. 여신은 자신의 간교한 술책 비밀을 지켜줄 것 같은 지하세계의 여왕 페르세포네에게 아이를 맡기는데, 아이가 절세의 미남으로 크는 것을 보고 사랑에 빠진 여신과 양육의 수고를 한 페르세포네 사이에 처절한 사랑 다툼이 벌어지지요. 미의 여신의 정부인 아레스 군신軍神까지도 개입하는 처절하고 복잡한 사랑 다툼 끝에 미남청년 아도니스가 아레스신의 변신인 산돼지에게 물려 죽음을 당하는데, 그가 쓰러져 죽어갈 때 흘린 피에서 생겨난 것이 아네모네꽃이라는 겁니다. 아네모네꽃은 지중해 연안에 자생하는 미나리아재비과의 식물인데, 한국의 산야에서 흔히 보는 복수초가 바로 미나리아재비과에 속하는 풀꽃입니다. 아네모네와 복수초는 족보상으로도 가까운 관계이고 드라마틱한 사연들도 비슷하니까 아네모네꽃으로 변신한 아도니스를 복수초의 이름으로 삼는 것도 그럴듯합니다.

3월
벗나무, 먼나무

봄 기운이 지펴오는 요즘 전국적으로 벚꽃만큼 온 국민에게 환호와 즐거움을 안겨주는 꽃도 없을 것입니다. 매스컴에서는 벚꽃 개화의 절정기가 남에서 북으로 이동하는 일정을 연이어 발표하고, 이에 맞추어 전국 곳곳에서 다양한 벚꽃축제가 열립니다. 전국적으로 200개를 헤아리는 크고작은 벚꽃축제가 열린다고 합니다. 벚꽃은 예전에는 4월 초가 지나야 만개했는데, 요즘에는 많이 앞당겨져서 남부지방은 3월 하순, 중부지방은 4월 상순이 만개 시기라고 합니다. 벚꽃이 흐드러지게 만발하면 그야말로 화려한 축제 분위기인데, 이런 현상 때문에 제주도청 녹지 담당 직원이 애를 먹었다는 얘기가 떠오르네요. 그전에는 제주의 씻지 못할 흑역사 4·3사건 기념 행사 시기와 벚꽃 만개의 시기가 딱 겹치게 되어 축제분위기와 참혹한 과거사 추모라는 동시 공존이 절대 불가능한 두 가지 아이템을 어떻게 분리하느냐가 난문제였다는 것입니다. 벚꽃 만개가 4월 3일을 넘기도록 하기 위해서 대량의 얼음덩이를 벚나무 밑동에다가 쌓아놓는 억지까지 부렸다는 이야기를 들은 적이 있습니다. 이 정도는 그냥 이색적인 에피소드 정도로 들으면 될 얘기이지만, 벚꽃 만발한 새 봄의 하늘을 우러러보면서 억울한 죽음을 맞이해야 했던 당대의 4·3비극 주인공들의 가슴은 어떠했을지 생각만 해도 끔찍합니다.

한반도의 곳곳에 벚꽃나무가 많이 있고 한국인들이 벚꽃의 축제 분위기를 즐기게 된 것은 애초에 일본사람들이 만들어 놓은 풍속이라고 하네요. 활짝 피었다가 불시에 낙화하는 벚꽃은 곧 일본 무사도의 화끈한 충성심을 상징한다고 해서 일본인들의 풍속이 되어버린 벚꽃 사랑이 일제 강점기에 한국인들에게 전해졌다는 것입니다. 일본사람들은 그냥 꽃구경[花見, 하나미]이라고 하면 벚꽃구경을 의미할 정도로 벚꽃을 좋아한다고 합니다. 우리 시대에 와서 한국인들의 벚꽃사랑이 일본 역사와의 상관관계에서 벗어나고 있는 것은 물론이지만, 한 때는 왕벚꽃의 자생지가 일본이라는 낭설이 통하던 시대가 있었답니다. 근래에 와서 우리 제주도가 바로 왕벚꽃의 본향임이 학술적으로 밝혀졌다고 하니, 우리의 벚꽃사랑은 이제 아무런 거리낌이 있을 수 없습니다. 제주도가 왕벚나무의 자생지라서 그런지 화려한 꽃비축제 무대가 될 만한 벚꽃 명소들은 요즘 세지 못할 정도로 많아지고 있습니다.

벚나무는 엉뚱하게도 장미과에 속한다고 하는데, 이 나무의 족보를 따져가면 아주 혼란스럽습니다(전문적으로 말하면, 꽃이나 씨앗을 동물들의 힘으로 퍼트려서 번식하는 식물은 대체로 장미과에 속하는 모양입니다). 저는 벚나무의 족보 같은 건 그냥 무시하기로 했는데, 하나 확인하고 넘어갈 것은 왕벚나무와 겹벚나무의 혼동입니다. 보통 벚꽃의 만개 시기가 있고서 한 달 정도 지난 다음에 다른 벚꽃들보다 더 크고 탐스럽고 꽃잎이 여러 장 겹쳐진 좀 다른 종류의 벚꽃을 피우는 겹벚나무가 전성기를 맞습니다. 제가 풍성한 느낌의 이런 벚꽃을 왕벚나무 꽃이라고 생각했던 것은 '왕'이라는 머리글자 때문이었지요. 왕벚나무라고 하는 것은 그냥 우리가 우리 고장에서 많이 보는 벚나무라고 생각하면 될 것입니다. 겹벚나무 꽃에서는 꽃술이 꽃잎으로 변하여 꽃잎이 여러 장으로 겹쳐지고, 흰색만이 아니라 분홍색까지 가미되어 더욱 화려한 느낌이 들지요. 다만, 겹벚나무 꽃이 만발할 때에는 벚나무만이 아니라, 주변의 모든 나무들이 무성한 잎을 키우고 있기 때문에 이미 벚꽃축제의 분위기 같은 것은 별로 눈에 들어오지 않습니다.

벚나무는 사람으로 친다면 인기 욕심이 대단한 사람일 것 같습니다. 벚꽃이 사람들의 시선을 잡아끄는 방식을 가만히 보노라면 이건 정말 고단수 인기전술이 아닌가 싶다는 것이지요. 우선 꽃을 피우는 타이밍 선택이 그렇습니다. 춘삼월이 거의 다 지나서 오랜 추위가 풀리고 나무마다 꽃과 잎을 내밀기 직전 사람마다 기대심으로 가득할 때이니까 최적의 타이밍입니다. 갖가지 꽃과 나뭇잎들이 아직 모습을 드러내지 않은 상태에서 선두주자 꽃으로 등장하였으니 사람들의 시선을 확 끌어당기기 좋은 때이지요. 선수를 치는 것입니다. 벚꽃 봉오리들은 한겨울에도 그 탱탱하게 여문 모습을 보여줌으로써 새봄에 있을 개화가 얼마나 튼실할 것인지 기대를 갖도록 하니까, 벚꽃의 인기전술은 이미 일찍부터 시작된 셈입니다. 만개한 벚꽃의 인기전술은 물량공세라고 할 수 있습니다. 하늘이 보이지 않을 정도로 나뭇가지 가득히 들어찬 벚꽃들은 주변 경치를 하얀색 꽃장식 천지로 만들어 버리니 그야말로 축제분위기 만점입니다. 그러나 벚꽃 축제의 하이라이트는 하얀 꽃비가 나풀나풀 떨어져 내릴 때에 벌어집니다. 낙화의 순간에 일일이 분리되어 떨어지는 다섯 개의 꽃잎들은 깃털처럼 가볍기 때문에 일직선으로 떨어지지 않고 땅바닥에 닿기까지 여기저기를 날아다니는 순례 방문의 순서를 거칩니다. 작고 가벼운 꽃잎들이 떨어지는 장면은, 마치 '백설이 난분분亂紛紛한다'는 옛날 문귀를 연상할 정도로 환상적인 느낌이 들게 하지요. 이 장면을 역동적인 군무群舞 같다고 표현한 사람도 있었습니다.

　벚꽃이 낙화할 때의 모습을 눈여겨 보면, 낙화하는 꽃비

축제가 얼마나 희한한 현상인지 알게 됩니다. 만약에 이 꽃이 낙화할 때에 꽃잎들이 낱개로 분리되지 않고 그냥 통째로 떨어진다면, 그 무게로 인하여 맞바로 땅으로 떨어질 테니까 그건 느긋한 꽃 감상의 대상이 못 되겠지요. 만약에 벚꽃의 꽃잎들이 더 크거나 더 무겁다고 해도 같은 현상이 일어날 것이니까 꽃잎의 공중 순례 순서가 빈약해지는 결과가 될 것입니다. 벚꽃 꽃잎들은 작고 가볍고 예쁘기 때문에 그것들이 땅에 닿아 넓은 바닥을 차지한 다음에도 그 일대는 화려한 카펫을 깔아놓은 것 같이 축제 분위기가 되는 것입니다. 화려한 꽃비 낙화를 온몸으로 받으면서 걸어가는 사람들은 모두 행복한 얼굴로 보이고, 그런 장면에서는 나란히 걸어가는 동행자가 모두 참사랑의 주인공들 같이 보입니다. 한라생태숲에서는 벚나무 군락지를 따로 만들어서 벚꽃 감상의 기회를 베풀고 있는데, 이 숲공원 건립 당시에 심었다는 벚나무들이 이제는 하늘을 가리는 거목이 되어있습니다.

　벚나무가 인간들에게 인기전술을 쓴다는 말을 하면, 선배님은 코웃음 반응으로 나오실지도 모르겠네요. 나무나 풀이 꽃을 피우고 열매를 맺는 것은 벌과 나비와 새들을 끌어들여서 꽃가루 운반 서비스를 받아내려는 생존전략이고, 제3자인 사람들은 이 같은 기브앤테이크 거래관계를 새치기처럼 이용할 따름이라고 말입니다. 그렇지만, 벚나무가 제공하는 화려한 꽃잔치 무대를 가만히 들여다 보면, 이건 인간과 같은 고도의 감성 소유자를 만족시키기 위한 것이지, 벌 나비들을 위해 만들어 놓은 건 아니란 생각이 든단 말입니다. 벌 나비나 새들만을 위한 것이라면 꽃 속에다 꿀과 향기를 적당히 묻혀주는 정도이면 족한 일이지 더 이상의 축제무대 서비스를 해줄 필요가 있겠느냐는 생각입니다. 벌이나 나비에게 색채 감각의 한계가 있다는 사실에서부터도 이런 생각이 나옵니다. 곤충세계에서는 빨강이나 파랑 등 강렬한 색깔 몇 개만 구분할 수 있고 사람들처럼 다양한 색깔 구분하기는 안 된다는 얘기인데, 그렇다면은 벚꽃을 하얗게 예쁜 색깔로 만들어 놓는 것은 인간의 감성을 만족시키기 위한 것이 아니냐고 생각된다는 것입니다.

제주도의 관상수를 소개할 때에 빠질 수 없는 것이 먼나무일 것입니다. 제가 어렸을 때만 해도 별로 눈에 뜨이지 않았는데 이 나무의 좋은 속성이 인정을 받게 된 근래에 부쩍 많이 보이는 편입니다. 정원수로 심기도 하지만, 도시 풍경을 우아하게 살려주는 가로수로도 인기를 얻고 있습니다. 원래 제주도가 자생지이지만, 근래에는 남해안 지대에서도 많이 보급되고 있다고 합니다.

먼나무가 그 존재이유를 한껏 과시하는 것은 겨울철입니다. 겨울철이 깊어지면서 먼나무의 잎들은 그 윤기있는 초록 색깔과 싱싱함이 한결 더해지고, 무엇보다도 새빨간 열매가 사람들의 찬탄을 자아낼 정도로 예쁩니다. 먼나무는 5, 6월에 피우는 희끄므레한 꽃보다도 한겨울이 되어야 무더기로 모습을 보이는 진홍색 열매가 우리 눈에 더 잘 뜨이고, 이 같은 모습은 거의 3월달까지도 계속됩니다. 나무 전체의 수형이나 잎이나 꽃들이 아주 평범하여 사람들 시선을 끌지 못하던 나무인데, 추운 겨울이 되면서 그 동안 숨기고 있었던 자기 실력을 마음껏 내보인다는 상상이 떠오를 정도입니다. 눈부실 만큼 새빨간, 꼭 진주알 같은 열매들이 송이송이 맺혀 있습니다. 불타는 듯 빨간 빛에서는 따뜻함이 느껴지고, 오순도순 머리 맞대고 모여있는 방울들은 정겨움이 느껴지는데, 온몸으로 북풍한설 맞으면서도 끄떡없는 모습에서는 늠름한 기상이 느껴집니다.

이 나무의 이름이 어떤 연유로 해서 '먼나무'가 되었느냐에 대해서는 이설이 많습니다. '멋있다'는 뜻의 '멋나무'가 먼나무로 바뀐 것이라는 설이 있고, 멀리서 보면 열매를 꽃으로 보게 되니까 '먼 나무' 이름이 된 것이라는 설이 있고, 이 나무의 제주도식 이름이 먹칠한 목피 색깔 대로 '먹낭'이었던 것이 먼나무로 변한 것이라는 설도 있다는 것인데, 저는 임의로 이것들 중에서 제일 첫 번째 설을 택했지요. 먼나무가 제주섬의 생존환경에 잘 적응하는 것이 우선 멋집니다. 사람들에게는 황량하기만 한 겨울 들판의 분위기를 포근하게 감싸주고, 새들에게는 풍성한 열매를 제공해주어서 먹이가 귀한 겨울을 무사히 나도록 만들어주니 얼마나 멋집니까. 먼나무의 꽃말은 '기쁜 소식'이라고 하는데, 딱 적당한 꽃말이라고 생각됩니다. 먼나무는 이런 멋진 일을 할 수 있는 준비가 잘 되어있는 나무입니다. 겨울철 매서운 바람이 사람들을 움추러들게 하는 섬지방에서도 잘 견뎌낼 수 있도록 꽃과 열매는 넓적하지 않은 작은 방울 모양으로 키우고, 나무 전체로 봐서도 삼나무나 벚나무처럼 하늘 높이 올라가지 않고 중키 정도로 만족하는 것 같습니다. 제주여성들처럼 인내력과 생명력이 강하여 요즘 산림육성의 장애물이 되고 있는 환경오염에 대해서도 저항력이 강하다고 하네요. 먼나무가 은행나무처럼 암나무와 수나무로 별개의 살림을 차리는 것도 이 같은 생명력하고 무슨 관계가 있지 않을까요. 이 나무는 꽃을 피울 나이가 되면 암나무와 수나무의 모습이 완연히 달라지는데, 빨간 열매 무더기가 푸짐하게 달린 것은 암나무만이고, 수나무에는 맹탕 아무것도 달려있지 않습니다. 추운 겨울 맞을 준비도 없이 휑하니 텅 빈 가지들을 보면, 수나무는 1년 세월을 도대체 뭐 하면서 보냈는지 묻고 싶을 정도로 못나 보이는데, 암나무에 비해 수나무의 개체 수가 훨씬 적어서 더욱 그런 느낌이 든답니다. 이 나무가 풍성한 열매 맺기에 얼마나 큰 정성을 쏟았는지를 알려주는 것이 새 봄에 새 싹 틔우는 풍경입니다. 아마도 봄철이 되어도 가지에 새 잎이 돋아나는 시기가 제일 늦은 나무가 먼나무일 텐데 추운 겨울철에 그토록 예쁘고 풍성한 열매를 맺느라고 온 정성을 다 바쳤기 때문이 아닐까요.

여기서 잠시, 추운 겨울날 멀리서 바라보는 사람에게도 따뜻한 정감을 안겨주는 먼나무를 찬양하는 제주 출신 김순국 시인의 「겨울 먼나무」라는 작품 한 구절을 소개하겠습니다. 먼나무는 덩치가 크지 않고 아담한 자태여서 위압적이지 않고, 사랑의 선물을 안고 먼저 찾아와 주는 인자함이 느껴지고, 산타할아버지처럼 어린이들의 순박한 기대를 기쁨으로 받아들일 것 같은 멋스러운 나무임이 잘 드러나 있는 것 같습니다.

사랑의 열매 달고 먼나무가 내게로 왔네
다복다복 눈 쌓이는 우리 동네 갓길을 따라
성탄절 기다린 듯이 산타처럼 오셨네

4월

동백(冬柏)나무, 목련

4월 달 저의 화두는 동백나무와 목련입니다. 동백나무로 말하면 얘깃거리가 많이 있고, 특히 제주도 역사와 관련하여 얘기할 것이 많을 거 같습니다. 제주도의 초중고 학교들을 통털어서 교목校木 실태를 조사했더니, 동백나무가 교목인 학교가 제일 많다는 말을 들은 적이 있습니다. 제주신화 스토리를 연극으로 연출할 때 서천꽃밭에서 얻어오는 환생꽃이 바로 동백꽃이라는 말도 들었습니다. 학교 교목이나 환생꽃에서 연상되는 강인한 생명력이 동백나무 생태의 어떤 점과 관련이 있을지 상상해 봤지요. 우선 동백나무는 소나무처럼 대표적인 장수식물인데, 수백 년 수령인 동백나무는 흔하다고 합니다. 동백나무의 생존방식 가운데 중요한 것은 추운 겨울을 잘 이겨낸다는 점일 것 같습니다. 나무 이름부터가 겨울 동冬자를 품고 있네요. 겨울철에는 초록색 윤기가 유난히 더해지는 동백나무 잎을 보면 이 나무의 비범한 생명력이 느껴집니다. 동백나무는 추운 겨울 한복판에서 매서운 찬바람을 이겨내고 꽃봉오리를 키웠다가, 봄철이 되어야 꽃을 피우는데, 열매는 늦가을이나 되어야 다 익는다고 하니 꼬박 1년을 바쳐서 1세대 번식을 마치는 셈이네요. 벌 나비가 날아다니지 않는 추운 겨울서부터 꽃을 피워야 하니까, 동백꽃은 새들에 의해 암수 꽃술 간에 꽃가루 전달이 이루어지는 조매화鳥媒花라고 합니다. 동백꽃에는 벌 나비 유혹하는 향기가 없는 대신에 새들을 유인해 들이는 꿀을 많이 만들어 놓아야 한답니다. 동백꽃의 꿀이라고 하면 저도 좀 알지요. 어린 시절 '돔박생이'를 '생이집' 속에 넣고 기를 때, 꽃꿀을 탐하는 동박새들의 모습은 우리에게 짜릿한 즐거움을 선사했지요.

　동백나무의 생존경쟁력은 여러 방면에서 나타나지요. 우

리들이 어릴 때 갖고 놀았던 팽이를 만드는 재료가 의례히 동백나무였던 것은 그 튼튼한 목질 때문이었지요. 목질이 좋기 때문에 동백나무로 만드는 생활용구가 많았지요. 동백나무 가지는 아무렇게나 땅에 꽂아도 잘 살아나는 강한 생명력이 있다는 것도 생각나네요. 동백나무는 식물분류학적으로 차나무과에 속하기도 하거니와, 차나무처럼 잎을 우려내어 동백차로 마실 수 있고, 동백나무 씨에서 추출한 동백기름은 목감기 치료에 특효가 있다고 합니다. 중국에서는 동백꽃을 산다화山茶花라고도 부른답니다. 동백기름은 제주사람들에게 약용과 식용만이 아니라 여자들 화장품용으로도 많이 쓰였는데, 요즘에는 생활용품의 천연물질 재료가 각광을 받으면서 화장품 원료로 쓰이는 동백기름 수요가 늘고 있다고 합니다. 제주섬의 마을마다 초가집 가까이에 오래된 동백나무가 많은 것은 이처럼 실생활에 용처가 많았기 때문인데, 요즘도 오래된 동백나무 군락지가 제주도 여러 곳에 남아있어서 관광명소로 각광받고 있지요. 안덕면 상창리에 있는 거대한 동백나무 공원 카멜리아힐은 현대적인 기획사업의 결과물이지만, 남원읍 위미리의 동백마을이나 조천읍 선흘리의 동백동산은 오래된 역사의 향기를 품고 있지요. 동백기름 화장품 말이 나오니까 생각나는 것이 세계최고의 경쟁력을 자랑하는 샤넬 화장품의 동백꽃 마크입니다. 샤넬 화장품 업체를 일으킨 창업자 코코 샤넬 여사는 동백꽃의 진홍색 색상과 옹골찬 자태에서 불패의 생명력과 경쟁력을 읽어내고 브랜드 마크로 결정했다는군요. 동백꽃 그림 아래에 안티에이징(anti-ageing; 노화방지) 플라워라는 말을 써넣을 정도로 각별한 꽃사랑인데, 실지로 동백기름이 들어간 샤넬화장품도 많이 있다고 하네요.

동백꽃의 상징성에 대해 관심을 가지면서 제가 알게 된 것은 강한 생명력이라는 동백꽃 이미지와 함께 이와는 대립되는 이미지가 통용된다는 사실입니다. 동백꽃은 죽음과 통곡의 이미지로도 통한다는 것입니다. 서로 모순되는 이미지이지만, 뜨거운 생명찬가가 극적인 감동으로 들리게 하는 배경음악은 죽음의 장송곡일 수도 있지 않겠습니까. 어떤 노령의 화가가 동백나무 잎처럼 윤기 흐르듯이 찐한 초록색 옆에 불 타는 듯한 진홍색을 갖다놓으면 슬퍼보이게 마련이라고 색조심리학적色調心理學的인 코멘트를 한마디 했다고 하는데 그럴듯하게 들립니다. 서귀포 출신 서정시인 김광협의 시「동백꽃」에는 이런 구절이 있었습니다.

> 진홍에 또 진홍 몇 개를 합친
> 세상에 더는 없는 빛깔인데,
> 그 뉘라 겁 하나도 없는 채로
> 동백꽃의 그 슬픈 낙화를 바라보랴.
> 세상 뉘 하나 울어보지 않은
> 멋 기맥히게 나는 그 울음을
> 쾅쾅 울어볼 것인가.

진홍색 동백꽃은 학교 교목처럼 어린 학생들에게 활달한 진취의 기상을 심어주는 생동하는 색깔이 아니라, 누군가 사랑하는 사람의 죽음을 알려주는 구슬픈 울음 소리만이 떠오른다는 것이지요. 얼마나 기가 막히는 통곡이면 우는 소리가 '쾅쾅'으로 들리겠습니까. 또 하나 용혜원 시인의 작품「선운사 동백꽃」을 보시겠습니까. 유쾌한 유머감각의 작품을 많이 내기로 알려진 시인인데도 동백꽃의 이미지를 한맺힌 통곡으로 보았으니 각별한 느낌이 듭니다. 전북 고창의 선운

사는 화사한 동백꽃 풍경으로 유명한 곳이라서 더욱 감회가
크네요.

　　가슴 저린 한이 얼마나 크면
　　이 환장하도록 화창한 봄날에
　　피를 머금은 듯
　　피를 토하는 듯
　　보기에도 섬뜩하게
　　검붉게 검붉게 피어나고 있는가.

　슬픈 노래에 잘 어울러서 엘레지의 여왕이라고 불리는 이
미자의 '동백아가씨'를 기억하시죠. '얼마나 울었던가, 동백
아가씨. 그리움에 지쳐서 울다 지쳐서 꽃잎은 빨갛게 멍이
들었소'. 애절한 곡조의 이 노래가 대중적인 인기 최고였다
는 것은, 동백꽃의 인상을 구슬픈 것으로 생각하는 노래 가
사에 공감하는 사람들이 많았다는 것이겠지요. 동백꽃의 이
미지를 슬픔의 것으로 보는 예는 근래의 제주 사회에서도 나
타났지요. '4·3역사의 전국화'를 부르짖는 사람들이 4·3을
기억하자는 뜻으로 동백꽃 메달을 달아주는 것을 보신 적이

있는지요. 동백꽃 이미지가 4·3역사를 담게 된 계기는 강요배 화백이 '동백꽃 지다'라는 이름으로 4·3역사 관련 미술전시회를 연 것이지요. 시드는 기미가 전혀 없이 아직 싱싱한 동백꽃 송이가 불시에 통째로 떨어지는 모습이 마치 앞날이 창창한 젊은이들이 속절없이 쓰러져 죽는 슬픈 장면을 연상시킨다는 것이지요.

동백꽃 이미지를 말하자면, 베르디의 오페라 '라트라비아타'에 나오는 춘희椿姬역할의 비올레타를 얘기해야지요. 비올레타는 자신의 가슴에 진홍색의 동백꽃을 꽂고 노래하는 탐미주의자인데, 완강한 사회제도라는 장애물에 부딪친 그녀가 동백꽃의 생기발랄한 모습을 바라보면서 사랑 에너지에 발동을 건다는 스토리이니까, 이 작품 속의 동백꽃 이미지는 슬픔과 통곡보다는 생명력 쪽일 것 같습니다. 춘희라는 단어는 매우 혼란스러운 데가 있더군요. 우리나라 사전에는 참죽나무로 풀이된 椿이라는 한자가 동백꽃을 의미하는 것은 일본에서만 그렇다는군요. 동백꽃 장식을 한 비올레타를 춘희라고 번역하는 일본인들을 한국이나 중국에서도 그냥 따라하게 된 것인데, 일본에서 카멜리아 레이디

(Camellia Lady; 동백아가씨)에 대해 유달리 집착하는 배경에는, 일본인들이 동백나무에 대해 갖는 각별한 애착이 있었다고 합니다. 동백나무의 학명 자체가 일본의 국명이 들어가는 Camelia japonica로 정착되는 데에는 이 같은 배경이 작용했다는군요.

　제가 동백나무 조사를 하면서 알게 된 것은, 이 나무를 원조로 하는 개량종이나 변종 동백나무가 어지간히 많다는 사실입니다. 그만큼 이 나무를 좋아하는 사람들이 많다는 증거이지요. 동백나무 몸체의 크기가 장난감처럼 작은 애기동백에서부터, 잎이나 꽃의 크기와 모양과 색깔이 크게 달라진 것에 이르기까지 그 종류가 헷갈릴 정도로 많았습니다. 동백나무의 개량종 개발은 일본에서 특히 많았는데, 우리 주변에서 가끔 보게 되는 흰색 동백꽃도 일본산 개량종이라고 합니다. 재래종인 진홍색 동백꽃 그대로를 좋아하는 저로서는 새하얀 동백꽃에서 어떤 그윽한 공감대가 나올 것인지 묻고 싶네요. 우리나라는 그동안 동백나무 품종개발에 적극적이지 못해서 외국에서 비싼 수수료를 주고 수입하는 양이 아주 많다는 것입니다. 동백나무의 꽃말을 알아봤더니 꽃 색깔에 따라서 꽃말이 달랐습니다. 빨간 동백은 '열정적인 사랑', 연분홍 동백은 '은근한 사랑', 하얀색 동백은 '비밀스러운 사랑'이라고 했습니다.

4월이 되어 한라생태숲의 정문으로 들어서는 사람이라면 바로 눈앞에서 벌어지는 목련꽃 잔치를 보고서 가슴이 요동칠 것입니다. 오래 전 '목련총림叢林'을 시공할 때 빽빽이 심어놓은 목련나무 수십 그루가 이제 성목이 되어 만개한 꽃들은 시야를 가리고 하늘을 가릴 정도로 풍성한 꽃잔치를 벌이고 있습니다. 거의 비슷한 시기에 있는 벚꽃잔치가 역동적인 군무나 매스게임의 인상이고 전체적인 무더기로 감상하는 것이라면, 목련꽃 잔치는 드넓은 광장에 차려놓은 거대한 설치미술 전시장과 같다고 하겠습니다. 전체적인 전시장 풍경을 한번 휘둘러보고 나서는 개별적인 작품 하나하나를 들여다보게 되지요. 그 만큼 목련꽃의 생김생김은 정성을 다해서 빚어진 예술작품 같습니다. 그냥 예쁘기만 한 것이 아니라, 볼수록 그윽하고 고결한 느낌이 드는 분위기를 만듭니다. 목련의 꽃말이 '고결한 성품'인 것에 공감이 갑니다. 순백색 꽃잎 여섯 개가 가지런히 어깨동무를 하고 있는데 이웃하는 꽃 잎들이 모여앉은 자세가 어찌나 조심스럽고 정성스럽게 보이는지 한참을 지켜보게 됩니다. 처음에는 꽃잎들 여섯 개가 가운데를 향하여 머리를 맞대는 위치인데 하루하루 조금씩 고개를 치켜들고 벌어지는 모습은 마치 옛날식 결혼식장에서 수줍은 신부가 깊이 숙였던 고개를 조심스레 치켜들고 신랑 얼굴을 바라보는 장면이 아닐까, 그런 생각도 들었습니다. 목련木蓮이라는 이름자가, 연꽃에 따라다니는 고결함 상징성에 빗대어서 나온 것임도 공감이 갔습니다. 식물분류학적으로는 연꽃과 목련 간에 친연성이 없지만, 나무에 핀 연꽃처럼 보인다는 뜻에서 목련이라는 이름이 나왔고, 옛날부터 사찰 내 디자인 소재로는 목련꽃도 연꽃처럼 많이 등장했다고 합니다.

목련꽃 잔치를 즐기면서 걸어가는 동안 목련꽃이 나오는 노래들이 생각났습니다. 저 자신 좋아서 남을 따라했고 혼자서도 즐겨 불렀던 노래들입니다. 가사의 일부만 들어도 어떤 노래인지 알아보실 것 같습니다. '그대처럼 우아하게 그대처럼 향기롭게 / 오 내 사랑 목련화야 / 그대 내 사랑 목련화야'. 이 가곡은 경희대학교 설립자인 조영식 총장이 작사한 '목련화'인데, 작곡자는 그 당시 음대학장 김동진이라고 합니다. 노래 한 곡 안에서 '내 사랑 목련화야' 부분이 그렇게 자주 나오는데도 귀에 거슬리지 않는 것은 그만큼 이 노래의 곡조가 장엄하고 간절한 울림으로 들려오기 때문인 것 같습니다. 훌륭한 곡조 때문이기도 하지만, 이 노래를 열창하는 성악가 엄정행의 가창력 때문이기도 할 것입니다. 김동진 작곡자는 자기 문하생인 엄정행에게 이 노래 부르기를 연습시키는데 무려 60회나 반복하도록 했다는 겁니다. 60번 연습 끝에 무대공연을 허락했다고 해서 이 노래의 별칭이 '60번'이라는 말이 있습니다.

다음 노래는 박목월 작시에 김순애 작곡인 '4월의 노래'입니다. 앞서 소개한 노래 '목련화'는 이 노래를 열창한 성악가 엄정행의 명성에 힘입어 많이 보급된 음반을 통해서 즐겨 듣는 곡이라면, '4월의 노래'는 '한국명가곡집'에 실린 이 노래를 일반 대중이 자기 목소리로 즐겨 부르는 식으로 보급된 것이라고 생각됩니다. 저 자신의 애창곡이기도 하지요.

목련꽃 그늘 아래서
긴 사연의 편질 쓰노라 ….
아, 멀리 떠나와
깊은 산골 나무 아래서
별을 보노라.
돌아온 4월은
생명의 등불을 밝혀 든다.
빛나는 꿈의 계절아,
눈물 어린 무지개 계절아.

저는 '4월의 노래' 쪽이 '목련화'보다 더 많이 애창되는 이유는, 단편적인 하나의 장면보다 복합적인 사연이 빚어내는 드라마 쪽이 더 감동적이기 때문이라고 생각됩니다. 그러니까 가사의 내용이 이 노래의 공감대를 더 넓혀준다는 겁니다. '목련화'에서는 가사의 골자가 결국 꽃의 우아함과 향기로움을 찬양하는 것이고 이 말을 여러 번 반복하는 것에 그치는 것이지요. 그런데, '4월의 노래'는 여러 가지 사연들이 다면체적으로 만나는 드라마를 이루고 있기 때문에, 이 노래를 부르는 사람은 노래 가사의 내용에다 자신의 과거 추억과 현재의 심정을 주입시킬 수가 있지요. 작사자인 박목월 시인 자신이 이 같은 드라마 구상에 끌려서 가사를 쓴 작품이었다는 것입니다. 박목월 시인은 이화여고 교사 재직 시 4월이 되면 목련꽃 피는 교정의 풍경을 여러 번 보았는데 여고생들이 목련꽃 그늘 아래에 모여서 책도 읽고 편지도 쓰고 하는 모습이 오래도록 잊혀지지 않았다는 겁니다. 추억 속의 그 장면이 떠오를 때마다 눈물겨운 감회에 젖었고, 마치 생명의 등불을 치켜드는 것처럼 새로운 감격을 얻었다는 것입니다. 박목월 시인 자신이 애절한 러브스토리 사연의 주인공이었음을 알고 난 다음에는 이 노래의 울림이 저의 가슴에 더욱 크게 다가오는 것 같습니다. '4월의 노래'라는 제목부터가 이 노래의 테마는 '목련화'가 아니라 '목련꽃의 추억'임을 말해주는 것이지요.

5월

진달래, 산수국, 민들레, 새우난

통칭 진달래과에 속하는 진달래와 철쭉과 참꽃나무는 이것들을 나란히 놓고 비교하면서 소개하는 것이 좋겠습니다. 진달래와 철쭉이 다른 점은 우선 이것들의 주된 서식지가 다르다는 것입니다. 철쭉은 비교적 고산지대에서 많이 볼 수 있는데, 진달래는 저지대에 많은 편입니다. 철쭉이 진달래보다 철 늦게 피는 것은 고산지대의 봄이 저지대보다 늦게 오기 때문에 자연스러워 보이지만, 제주도에서는 이른 봄에 바닷가에도 철쭉이 많이 볼 수 있는 것이 육지부와 다르다고 하겠습니다. 한라산에서는 늦은 봄인 5월달에 철쭉제를 지내지만 철쭉 군락지 근방에서 털진달래도 많이 볼 수 있습니다. 진달래는 꽃이 잎보다 먼저 나오는데, 철쭉은 잎과 꽃의 봄맞이 시기가 거의 같습니다. 그러니까, 진달래와 철쭉을 구별하는 간단한 방법은 꽃이 잎보다 먼저이냐 아니냐를 보는 것입니다. 철쭉은 대개 진달래보다 키가 더 크고 터를 넓게 잡아 군락지를 이룰 경우가 많은데, 이것은 유휴지가 많은 고산지대는 넓은 터 잡기가 수월하다는 점과 관련이 있을 것 같습니다. 진달래는 키가 작고 나뭇가지 수도 적기 때문에 터를 넓게 잡는 군집 방식보다는 언덕이나 바위 틈 같은 비좁은 바닥에서 조촐하게 작은 살림을 차리는 경우가 많습니다. 진달래꽃은 옛날부터 화전花煎 재료 등 식용으로 많이 써서 참꽃이라고도 불리는 반면에, 철쭉은 독성이 있어서 못 먹기 때문에 개꽃이라고 불렸다고 하네요. 철쭉이 무성하게 잘 자라는 군락지가 많이 생겨난 것은, 독성이 있는 것을 알아본 짐승들이 이 식물을 건드리지 않은 탓이라는 말을 들었습니다.

한라생태숲에서는 참꽃나무와 진달래를 명확히 구별하여 식재하고 있지만, 이들 두 가지 식물은 서로 닮은 점이 많고,

이 식물들을 철쭉과 비교할 때 더욱 그렇습니다. 참꽃과 진달래에서 닮은 점이 많은 것은 이들 두 가지 식물이 모두 고산지대보다는 저지대에 많이 자라기 때문인 것 같습니다. 진달래와 참꽃은 꽃이 피는 계절도 모두 이른 봄이고, 철쭉과는 달리 꽃 피는 시절이 잎이 나오는 것보다 더 빨리 옵니다. 그렇지만, 이들 나무는 같은 이름인데도 가지 모양이나 크기가 다른 개체를 많이 볼 수 있어서 혼동할 때가 많습니다. 철쭉과는 달리 식용으로 쓸 수 있다는 점에서도 참꽃나무와 진달래는 닮았습니다. 참꽃나무가 진달래와 확연히 다른 점은, 키가 더 크고 가지 수도 더 많고 꽃색깔의 붉은 농도가 더 진하여 화려해 보인다는 것입니다. 진달래는 꽃을 피우는 일이 힘들어 보일 정도로 꽃송이가 비교적 듬성듬성하게 돋아나 있는데, 참꽃은 무더기로 빽빽이 들어찬 꽃송이들이 무슨 꽃잔치를 벌이는 것 같습니다. 참꽃은, 한껏 잘 차려 입고 나와서 '나 예쁘지 않은가요'하고 눈짓하는 부잣집 딸이라면, 진달래꽃은 집이 가난하여 몸단장할 여유가 없이 수수하게 차리고 나온 가난한 집 딸입니다. 붉은 색깔도 연할뿐더러, 얌전하게 몸을 웅크리고 있는 것 같은 떨기나무 모습인 것이

어쩐지 연민의 정을 자아내는 것이 진달래입니다.

'참꽃나무숲'은 한라생태숲 입구에서 내려오면 바로 정면에 조성되어있기 때문에 참꽃이 만개할 시기에는 이곳 방문객들을 맞이하는 성대한 환영회가 열리는 것 같습니다. 저에게 말하라고 하면, 참꽃나무보다는 진달래 앞에서 더 진한 감흥이 있습니다. 잘 보이는 곳은 놔두고 일부러 고적한 곳을 찾아든 것처럼 외롭고 애잔해 보이는 진달래의 추억을 잊을 수가 없지요. 한라생태숲에서는 참꽃나무를 우선시하고 있습니다. '참꽃나무숲'만을 따로 조성하여 울창한 군락지를 만들어 주었는데 진달래나 철쭉 군락지는 조금씩 흩어져 있습니다. 눈에 띄게 진홍색이 돋보이는 참꽃나무는 제주도에만 자생하는데다가 제주사람들의 열정과 단결력을 상징한다고 해서 제주도의 도화道花로 지정되었다고 안내판에 나와 있습니다.

진달래꽃의 특징을 말하려고 할 때 흔히 나오는 것이 두견화杜鵑花 이야기입니다. 진달래꽃을 두견화라고도 하고, 진달래 부침떡을 두견전병이라고 하고, 진달래술을 두견주라고 할 정도로 이들 꽃과 새는 통하는 데가 많습니다. 이 같은 비유 표현이 나오게 된 것은, 두견새가 한밤중에 구슬피 울면서 피를 토한 것이 진달래꽃이 되었다는 중국전설에 유래한다는 것입니다. 사실적인 근거가 있을 리 없는 이 같은 전설이 우리 한민족의 정서와도 맞아떨어졌기 때문에 우리 민족의 옛날 설화에서도 이와 유사한 이야기가 많이 등장하는 것이겠지요.

여름철새인 두견새는 깊은 숲속에서 홀로 지내기 좋아하기 때문에 사람들 눈에 잘 잡히지 않는다고 합니다. 알을 낳고 새끼를 키워도 가족간에 공동생활의 재미를 모르는 이상한 새입니다. 뻐꾸기처럼 자기 둥지가 없어서 다른 새의 둥지에 알을 낳고 부화된 자기 새끼의 양육도 다른 어미새에게 맡긴다고 합니다. 접동새라고도 불리는 두견새가 일반 사람들에게 자기 존재를 알리는 것은 한밤중에 처량하게 울어대는 소리인데, 사람들은 이 같은 사실을 놓고 그럴듯한 드라마를 연상하게 되었나 봅니다. 자기가 물어온 먹이를 갖고 와서 자기 둥지에서 기다리는 새끼들에게 먹여서 키우지 못하는 어미새가 한밤 중 시간에 더욱 외롭고 쓸쓸한 심정이 될 것은 뻔한 일이지요. 햇빛 쏟아지는 넓은 평지를 놔두고

응달진 곳을 택하여 서식하는 진달래의 성품이, 외로운 나머지 밤 깊은 줄 모르고 슬피 우는 두견새의 운명과 통하지 않겠습니까. 대표적인 제주신화로 치는 세경본풀이에서, 재회의 약속을 까먹고 나타나지 않는 문도령을 그리워하는 자청비는 이웃집 담 넘어 보이는 진달래꽃을 보면서 위로를 얻지요. 김소월의「진달래꽃」은 어떤가요. 자기를 버리고 떠나는 그리운 님이 원망스럽지만, 떠나는 길 바닥에 진달래꽃을 깔아주겠다는 말에서는 그리운 님에게 자기 외로움을 하소연하는 애절한 심정이 엿보이지 않습니까.

한국문화상징사전에서 본 오래 전 여담 하나를 전할까요. '무궁화 대신에 다른 꽃을 국화國花로 정한다면 어떤 꽃이 좋을까'라는 설문 조사를 한 적이 있는데, 여기에서 일등을 한 꽃이 진달래꽃이었다고 하네요. 다이내믹 코리아의 자랑스러운 축포소리가 팡팡 울리는 요즘에 조사를 한다면 결과가 달라지겠지요. 저는 국민가요로 널리 애창되는 이원수 작사의 '고향의 봄'에서 복숭아꽃, 살구꽃과 더불어 나온 것이 그냥 진달래가 아니라 '아기진달래'인 것이 특히 눈길에 와닿습니다. 버림받은 민족의 슬픈 운명을 표상하는 것은 아기진달래라야 할 것 같으니까요. 척박한 토양에서는 잘 견디지만 오염물질에 대한 저항력이 약한 것이 진달래라고 하는데, 이런 점에서 보면 진달래는 아무래도 우리가 사는 이 시대와는 조화되기 어려운 생명인가 봅니다(제가 그전에 보았던 것은 산야에 자생하는 진달래나무들이었는데, 그것들은 지금 말한 '가난한 집 딸' 같이 애련한 인상이었으나, 여기 한라생태 숲 진달래밭에서는 '부잣집 딸'처럼 풍성한 성장 모습과 탐스러운 꽃을 보이는 것도 많습니다. 인위적인 식생환경을 조성하기에 따라서는 이같은 변화가 가능함을 알았습니다).

  제가 지금 소개하려고 하는 산수국은 진달래꽃 이상으로 수줍음 타는 꽃이고, 가련한 비극의 주인공이라 할 수 있습니다. 꽃피는 계절도 진달래보다 조금 늦은 늦봄이네요. 산수국이 겪는 비극의 단초는 햇볕 잘 드는 드넓은 양지에서 밀려나서 침침한 음지에 서식하는 것이라 생각됩니다. 햇빛을 잘 받아야 벌 나비 유혹할 꽃향기가 나올 텐데, 햇빛을 탐내지 않는 음지식물이어서 꽃향기가 거의 없답니다. 향기없는 꽃으로 벌나비를 끌어들이기 위해 비상 수단을 쓴다는 것이, 향기는 없으나 벌나비들 눈에 잘 뜨일 만큼 크고 예쁜 또 다른 꽃을 주변에 덤으로 키우는 것입니다. 벌나비를 유혹하는 향기가 없는 대신에 눈에 잘 뜨이는 장식용 꽃인 이 무성화無性花는 헛꽃이라는 별명처럼 어쩐지 매가리가 없어 보입니다. 암수 꽃술이 있어서 수정작업이 이루어지는 중앙부의 유성화는 크기가 작지만 수효는 많습니다. 수정작업이 끝난 유성화가 열매를 맺는 것과 동시에 그 주변의 무성화는 이제까지 연보라색이었던 것이 하얀색으로 변하면서 정반대 방향으로 뒤집어진다니, 이제껏 가짜꽃을 피운 것이 부끄러워 고개를 돌려버리는 것 같습니다.

한라생태숲에서는 산수국 군락지를 여러 곳에 만들어놓은 것과는 별도로, 다른 곳 두어 군데에 수국水菊꽃을 식재했습니다. 산수국과 수국을 비교해 보라는 뜻이겠지요. 고지대가 아닌 해안지대에서 잘 자라는 수국은, 산수국의 비극 연출과는 다르게 생동력 넘치는 활극에서처럼 크고 탐스러운 꽃을 풍성하게 피우고 있습니다. 곤충의 내방을 유인하기 위하여 주변에서 헛꽃 피우기를 따로 마련할 필요도 없습니다. 산수국의 초라하고 가엾은 분위기와는 아주 딴판입니다.

　겉으로 보기에는 풍성한 느낌의 꽃임에 틀림없지만, 제가
자세히 알아본 수국꽃의 생태는 또 하나의 처절한 생명체 역
사를 담고 있었습니다. 수국꽃은 꽃 주변부가 텅 비어서 헛
꽃이 없는가보다 했는데, 여기에는 가짜꽃인 헛꽃만 있고 진
짜꽃은 하나도 없다는 것입니다. 수국 꽃나무 중앙부에 탐스
럽게 피어난 꽃은 산수국 주변부에 있었던 헛꽃이 퇴화하여
가운데 자리로 옮겨진 것이라고 합니다. 가짜꽃인 헛꽃으로
벌나비를 유인하여 진짜꽃에서 수정작업을 치르는 것이 산
수국인데, 수국나무에는 진짜꽃이 아예 없고 헛꽃만 있어서
벌나비를 유혹할 필요가 없다고 하니, 수국꽃이 유난히 예쁘
게 피어난 것은 곤충 말고 인간을 유혹하기 위한 것이 아닐
까요. 산수국의 꽃나무 중앙부에 있었던 진짜꽃 대신에 생긴
이 헛꽃들은 향기도 없고 수정작업도 없어서 열매도 달리지
않는데 이것을 퇴화라고 부른다네요. 제가 찾아본 식물학사
전의 설명과는 달리, 저의 생각으로는 퇴화가 아니라 진화라
고 해야 할 것 같습니다. 수정작업을 거친 열매맺기가 아니
라도 꺾꽂이나 뿌리 갈라주기처럼 더 확실하고 편리한 번식

방법을 쓸 줄 아는 인간을 유혹하는 것이니까 진일보한 번식 방법으로 진화한 것이 아닐까요. 산수국보다 수국꽃 쪽이 훨씬 더 생기 넘치고 예뻐 보이며 잎사귀나 꽃송이 모두가 훨씬 더 소담스럽게 돋아나고 있으니까요. 식물이 수정작업과 종족번식을 위해서 벌 나비나 새들의 힘을 빌리는 데에는 주로 냄새 맡는 후각이나 꿀맛을 내는 미각을 통해서 한다는데, 냄새도 없고 맛도 없이 예쁘기만 한 꽃을 피우는 것은 인간이 봐주기를 바라기 때문이 아닐까 하는 생각입니다. 곤충들의 색채감각은 극히 제한적이라고 하니까, 백합이나 장미꽃이 예쁜 색깔인 이유에 대해서도 비슷한 질문이 나올 수 있고, 이는 결국 우주의 신비에 대한 종교적인 질문으로 이어질 것 같군요.

수국꽃의 꽃말은 '변하는 마음'이라고 하는데, 이런 꽃말의 유래가 그럴듯합니다. 수국은 그 탐스러운 자태로 인하여 요즘에는 가정에서도 재배하는 이들이 많은데, 이것을 재배하는 토양의 성질에 따라서 꽃의 색깔이 변한다는 것입니다. 산성인 토양에서는 차가운 푸른색을 띠는 꽃인데, 토양을 알칼리성으로 만들어주면 따뜻한 보라색과 자주색으로 변하고 나중에는 분홍색으로까지 변하는 재미있는 현상을 본다는 것입니다. 산수국 시절에 진짜꽃이던 것이 수국에서는 헛꽃으로 변한 것도 그렇지만, 수국으로 진화한 다음에도 토양에 따라서 꽃 색깔이 변한다고 하니, '변하는 마음'이라는 꽃말이 당연히 나오겠네요.

전국 어느 곳에서나 자라는 민들레는 여기 한라산에도 많이 있습니다. 민들레꽃의 한평생을 한마디로 요약한다면 '가난한 집 똑똑한 살림꾼'이라는 표현이 적절할 것 같네요. '가난한 집'이라고 하는 것은 민들레가 채소나 화초 목록에 올라있지 못하기 때문에 사람들의 보호를 받지 못하며, 야생화 식생에서도 키가 크지 않고 억센 덩굴을 키우지 못하여 주변에 사는 강자들의 핍박을 받기 때문이지요. 햇빛만 잘 받으면 토양의 척박함에 상관없이 아무데서나 잘 자라는 민들레가 주어진 환경의 악조건을 이겨내는 방법은 처절할 정도입니다. 서둘러 자라야 하므로 줄기를 키울 여력이 없으니, 땅바닥에서 올라온 꽃대 끝에 바로 꽃이 달려있습니다. 잎들도, 잎가지 같은 것이 필요 없이, 땅 속 깊이 박힌 뿌리에서부터 곧바로 올라오는데, 사람이나 짐승의 발길이 빈번한 곳에서는 땅바닥에 바짝 달라붙습니다. 사람들이 밟고 지나가도 죽지 않습니다. 민들레 씨앗도 똑똑한 살림꾼의 면모가 역력합니다. 꽃이 여물어 씨앗이 되면 아주 가벼운 갓털 속에 숨어있는데, 이 갓털은 조금만 건드려도 짧게 끊어지기 때문에 가벼운 바람에도 멀리까지 잘 날아갑니다. 잎들은 땅바닥에 붙을 정도이지만 꽃대만은 훌쩍 키를 키우는데, 가벼운 바람이라도 잘 이용하여 씨앗을 전파하려는 속셈이지요.

선배님은 조용필이 불렀다는 '일편단심 민들레야'라는 노래를 들어보셨는지요. 저도 요즘에 민들레에 관련된 인터넷 검색을 하면서 알게 되었습니다만은, 이 노래가 얼마 전에 TV로 방영된 인기드라마와 함께 큰 인기를 끈 것은 우리나라 국민들이 민들레에 대해 평소부터 친숙하게 알고 있었기 때문이라고 생각됩니다. 민들레의 한평생 삶은 열악한 생존 환경을 요리조리 이겨내는 일편단심 악전고투의 과정인데, 이를 생각케 하는 것이 이 드라마 주인공의 한맺힌 생애라는 것이지요.

요즘에 너무 많이 퍼져서 걱정거리가 되고있는 개민들레

는 토종 민들레의 강인하고 지혜로운 환경적응 방식을 훨씬 능가하는 수준이지요. 가히 '뛰는 놈 위에 나는 놈'입니다. 개민들레의 씨앗은 흙으로 덮히지 않아도 발아를 할 수 있고, 아스팔트 길에서도 싹을 틔웁니다. 토종 민들레는 봄철 한때에만 꽃을 피우는데, 개민들레는 봄부터 가을까지 꽃이 핍니다. 개민들레는 토종 민들레보다 성장 속도가 빠르기도 하고, 꽃대 하나를 잘라버리면 그 꽃대 밑받침에서부터 여러 개의 꽃대가 새로 나옵니다. 꽃대의 키도 훨씬 더 큽니다. 개민들레의 씨앗은 토종 민들레에 비하여 알이 작고 가볍기 때문에 더 많이 생산되고, 더 멀리 날아갈 수 있습니다. 더 중요한 것은, 토종 민들레 꽃의 수정受精이 다른 개체를 통해서만 일어나는 타식성他殖性임에 비하여, 개민들레의 수정은 동일 개체는 물론이고 다른 개체와의 교류를 통할 수도 있답니다. 흥미있는 것은, 개민들레의 수정은 혈통과 상관없이 아무 민들레하고도 가능한데, 토종 민들레는 다른 개체를 통한 타식성 수정을 하면서도 반드시 혈통이 같은 토종 민들레하고만 수정이 된다고 합니다. 그야말로 '일편단심 민들레'입니다. 외래종인 개민들레는 제주도에서는 유별나게 더 극성이라고 하네요. 이 식물은 서양에서 가축 사료를 들여올 때 함께 따라왔는데, 여러 나라의 생태 환경을 거쳐오는 동안에 열악한 조건에서도 잘 견디는 적응력을 기른 것으로 추정되고 있지요.

한라산의 봄꽃이라고 하면 새우난을 빼놓을 수가 없습니다. 한라산의 대표적인 야생화인 새우난은 도시에서 분재로 키우는 값비싼 난초에 못지않게 예쁩니다. 값비싼 난초들은 화려하고 귀족적인 자태를 자랑하면서도 꽃 한송이를 보는 데에 몇 년을 기다리기도 한다는데, 새우난꽃은 꽃대 하나에서 피우는 꽃들이 보통 다섯 개는 훨씬 넘을 정도로 풍성합니다. 이와 관련하여 얼마 전에 이색적인 뉴스를 봤던 기억이 납니다. 값비싼 서양난 종자를 수입하는 데에 막대한 특허료를 지불하는 것을 본 제주도의 한 농부가, 새우난을 대량으로 재배하여 보급하면서 그 재배방법을 전파하고 있다는 것입니다. 한국의 새우난이 중국이나 일본의 것들보다 색깔이나 향기가 뛰어난데다가, 한국내에서도 한라산의 기후와 풍토가 새우난 성장의 최적지이기 때문에 자기가 하는 사업은 막대한 외화절약을 가능케하는 애국행위라는 것입니다. 이 사람의 말대로, 한라생태숲에서는 따로 마련된 '야생난원' 말고도 여러 군데에서 활발하게 자라는 새우난을 볼수 있습니다. 새우난 꽃은 비싸기로 유명한 호접란 꽃과도 닮았는데 그 정교한 모습이나 그윽한 향기가 사랑을 받을 만합니다. 꽃만 풍성한 것이 아니라 새우난 잎도 너플너플 넓으면서 기운차 보입니다. '새우난'이라는 이름은 새우등처럼 굽어보이는 둥근 뿌리에서 유래했다는데, 소박하고 겸허한 이 꽃의 이미지와 닮은 것 같습니다.

6월
연꽃, 뽕나무

한라생태숲에는 연꽃이 자라는 커다란 연못이 있습니다. 참꽃나무 숲 바로 옆에 수생식물원을 크게 만들어 연꽃을 키우는 것이 공원기획자의 특별한 의중인 것 같습니다. 저 나름대로 상상해 본 것인데, 참꽃과 연꽃의 대비 효과는 여러 가지일 것 같습니다. 참꽃동산은 화려하고 떠들썩하게 자기과시적인 속세의 풍경이라면, 오랫동안 물속에 잠겼다가 슬며시 고개를 내미는 연꽃의 모습은 어둡고 고요한 묵언默言의 수도자 모습이 아닐까 하는 겁니다. 여기에 때때로 모습을 드러내는 백로의 단아하고 고적한 자태도 연꽃의 수도자 이미지와 어울리는 거 같습니다(연꽃이라는 말은 수련睡蓮하고 혼동할 염려가 있습니다. 수련은 잎들이 물 위에 납작 드러누워서 잠자는 모습을 하고 있고, 연꽃은 잎들이 물 위에 나와있습니다. 저는 이들 두 가지 수생식물을 모두 연꽃으로만 알고 있었는데, 그렇게 혼동해서 알고있는 사람들이 많았습니다. 잎이 물 위에 떠있느냐 아니냐만 달랐지 연분홍색 꽃에서 느껴지는 정결한 분위기는 다를 것이 없고, 진흙탕에서 솟아나는 고귀한 자태라는 이미지도 다를 것이 없기 때문일 겁니다. 식물분류학상으로 연꽃과 수련이 다른 과科에 속하게 된 것은 최근의 일이고, 영어 표현으로도 lotus라고 하면 연꽃과 수련을 모두 지칭한다고 하니까, 저는 이들 두 가지 수초를 한가지처럼 말하려고 합니다).

연꽃은 고난과 무명無明의 삶에서부터 출발하여 자비와 광명의 세계에 이른다는 불교적인 진리를 증거하기 위하여 이 세상에 존재하는 것 같습니다. 고통스럽고 어두운 과거가 있는 사람이 진흙탕에서 솟아난 연꽃에 담긴 진리를 깨우친다면 생명의 축복에 더욱 감사하고 기뻐할 수 있지 않겠습니까. 부처님 얼굴에서 볼 수 있는 대자대비한 미소는, 연꽃처럼 고난의 열매가 축복이라는 생명현상의 질서를 암시하는 것 같습니다. 불교적인 가르침이 대개 그렇듯이, 인생의 역설적인 진실을 상징적으로 보여주는 것이겠지요.

수면 위에 가지런히 올라온 연꽃잎에 정결한 물방울들이 알알이 달려있는 것을 지켜보는 동안 보는 사람 마음도 정화될 것 같습니다. 연꽃 모양을 자세히 바라보노라면, 하나의 꽃줄기에서 여러 개의 꽃잎들이 단계적으로 퍼져올라가는 모양이 특이함을 알 수 있습니다. 모든 꽃잎들이 한꺼번에 활짝 피어나는 것이 아님은 불교적인 구도의 과정은 일시적인 깨우침이 아니라는 것을 말해준다고 합니다. 꽃잎들 하나하나가 따로따로 돋아나고 자란다는 것은 부처님 말씀이나 불교경전의 표현에 일률적으로 얽매이지 말라는 뜻이라고 했습니다. 손가락으로 달을 가르키는데 달은 보지 않고 손가락만 보아서는 안된다는 말이 있잖습니까.

부처님 좌상이 흔히 연꽃이 그려진 좌대 위에 앉아있는 것은, 보리수나무 아래에서 수행할 때의 부처님에게는 고해를 헤매는 중생들이 진창 속의 연꽃으로 보였다는 사실에 근거한다고 했습니다. 진창 속과도 같은 고해를 헤매는 중생을 가엾게 여기는 불심이 이때 일어났다는 것입니다. 또한, 연꽃의 꽃잎들이 사방으로 퍼져나가는 모습은, 중심축에서 방사되는 바퀴살에 비겨서 불교적인 윤회와 환생의 뜻을 상징한다고도 합니다. 관음보살이 왼손에 들고있는 것이 연꽃이고, 심청전에서 인당수에 빠진 심청이 연꽃 속에서 다시 살아나는 것도 이런 맥락에서라고 합니다. 그러고 보니, 연꽃의 한자어 '蓮'은 연결한다는 '連'에다가 풀초(++) 변을 더한 것임이 생각나는군요.

불교의 가르침을 상징하는 것이 연꽃이라는 말은 들은 적이 있지만, 연꽃과 백합을 가지고 불교와 기독교의 특징을 비교하는 여기 숲해설사의 설명이 흥미로웠습니다. 불교에서 가르치는 환생과 기독교에서 가르치는 부활의 뜻이 다른 것도 연꽃과 백합의 다른 점에서 유추할 수 있다는 것입니다. 기독교회를 상징하는 백합의 순백 색깔에서는, 천당에 갈 사람과 천당에 갈 수 없는 사람을 준엄하게 가르는 기독교의 가르침을 연상할 수 있다면, 순백색 바탕에 연분홍이 가미된 연꽃 색깔에서는 만인의 성불 가능성을 가르치는 여래장如來藏사상을 연상할 수 있다는 얘기지요. 기독교에서는 사이비 신을 경배하는 이단을 용납하지 못한다고 하는데, 불교에서는 '가는 사람 붙잡지 말고 오는 사람 막지 말라'고 하는 것도 그런 차이라고 하고요. 그리고 정통과 이단을 준엄하게 나누고자 하는 기독교회의 전통은 명확한 직선도형인 십자가의 형상과 상통하고, 사물을 바라보는 차별과 구분의 경계선을 지우고자 하는 원효대사의 원융사상圓融思想은 모난 데가 없이 둥글넙적한 연꽃잎 형상과 통한다는 것인데, 듣고 보니 아주 공감이 갔습니다.

연꽃을 바라보면서 생각난 것이, 연꽃을 뜻하는 영어단어 lotus가 나오는 유명 브랜드가 많았다는 사실입니다. 세계문화상징사전을 찾아보았더니 그 까닭을 알 것 같았습니다. 연꽃이 상징하는 대상은 동질적인 사물만이 아니라, 서로 대립되고 충돌하는 것들도 있다는 것입니다. 남성과 여성, 해와 달, 일출과 일몰, 출생과 죽음, 내세와 환생, 고통과 축복 등등 공존하기 어려운 것들을 더불어 상징하는 연꽃 장식이 많이 있다는 거지요. 그러니까 출생을 축복하는 자리에도 연꽃 장식이 있고, 죽음을 애도하는 자리에도 연꽃 장식이 있다는 것인데, 이 점은 연꽃모양을 자세히 보면 납득이 갈 것 같습니다. 연꽃은 둥그런 꽃잎들이 둥그런 꽃받침 위에 맞춤하게 둥그런 모양으로 모여앉은 형상인 것입니다. 어느 부분이고 거칠거나 위태로운 느낌이 없지 않습니까.

뽕나무라고 하면 우리 한민족의 역사에서 매우 친근한 수목이지요. 경복궁 앞 공터에 뽕나무를 많이 심어서 왕이 친히 가꾸는 시범을 보였다고 하고, 서울시내 지명 중에 잠실이나 잠원동이 있음은 이런 곳에서 양잠업이 성했음을 알려주지요. 제가 어렸을 때 기억으로는 우리 제주도에서 뽕나무로 누에 치는 양잠업 현장을 보았던 적이 없었으므로 한반도의 사정과는 달랐던 모양입니다. '님도 보고 뽕도 따고'라는 속담이 무슨 뜻인지 알 도리가 없었지요. 봄철이 무르익으면서 야릇한 춘정이 발동할 무렵 뽕잎 따러간다는 핑계로 뽕나무밭에서 만난 연인들끼리 정사를 즐겼다는 것인데, 한여름에는 탐스러운 열매 오디가 나오니 이들의 정사가 얼마나 풍성해졌을지 상상이 되지요. 뽕나무잎은 너풀너풀 넓은 바탕에 초록색 윤기가 자르르 흘렀을 것이고, 무성한 잔가지에 빽빽이 들어찬 나뭇잎 무더기가 맞춤한 밀회 장소를 만들어 주었겠지요. 대학생 때 육지부 시골에 여행 다니면서 흔히 보게 된 뽕나무가 우리 한민족의 역사에서 아주 친근한 존재임을 알게 되었고, 오디 맛이 얼마나 좋은지를 알게 된 것도 그때였지요.

요즘에는 제주도에서도 뽕나무 보기가 그리 어렵지 않게 되었는데, 오디 열매를 따먹기 위해 일부러 심는 사람들이 있는 모양이고, 기업적으로 오디 생산을 하는 사람들도 있다고 합니다. 여기 한라생태숲에도 오디가 열리는 뽕나무가 몇 그루 있지만, 한라산에서는 뽕나무 보기보다 산뽕나무 보기가 아주 쉽지요. 아마도 산뽕나무의 강한 생명력과 번식력이 그렇게 만든 것 같습니다. 산뽕나무는 척박한 땅이나 바위 틈서리에서도 곧잘 자라고 자라는 속도도 매우 빠릅니다. 잎이나 열매가 뽕나무보다 훨씬 작고 까칠하여 연인들의 데이트 분위기를 띄워줄 정도는 못되지만, 산행 중에 걸음을 멈추고 심심풀이 삼아 따먹기할 수 있는 기회는 되지요. 나뭇잎을 데쳐먹거나 줄기와 뿌리를 약재용으로 쓴다는 점에서도 산뽕나무는 뽕나무와 용처가 비슷합니다.

이제 소개하려고 하는 꾸지뽕나무는 기이한 점이 많습니다. 처음 보는 사람은 어째서 이런 나무가 뽕나무과에 속하는지 의아해 할 정도로 뽕나무하고는 닮은 점이 전혀 없어 보이지요. 나무의 첫인상을 결정하는 잎사귀만 하더라도 뽕나무나 산뽕나무하고는 전혀 딴판이고, 오히려 감나무 잎과 비슷한 모습이지요. 이 나무의 첫인상을 험악하게 만드는 것은 무엇보다도 날카로운 가시입니다. 힘주어 만지면 부러질 것 같은 그런 가시가 아니고, 단단하고 굵은 가시여서 잘못 건드리면 큰 상처가 날 것처럼 보이는데, 이것은 처음부터 가시로 생겨난 것이 아니라 이 나무의 어린 가지가 커서 변한 것이라고 하니까 더욱 기이해 보입니다. 그런데 이 나무의 키가 자라서 사람들의 손이 높이 닿지 않을 정도가 되면 이 무서운 가시들이 깜쪽같이 없어진다는 것입니다. 어린 가지가 변해서 된 가시가 이제는 묵은 가지로 변한 것입니다. 외적의 침입으로 나뭇잎이 손상되지 않을 정도의 고도에서는 가시가 존재할 필요가 없기 때문이라고 하니, 기이하지 않습니까. 가시가 없어질 정도로 이 나무가 자란 다음의 변모 양상도 이상합니다. 어린 나무에서는 매끈하고 밝은 색깔이던 목피는 나이가 들면서 여기저기 깊은 상처같은 옹이가 생기고 갈라져서 희멀건 속 부분이 드러난다는 것입니다. 마치 노추老醜의 비참함을 보는 듯하니 이 나무의 생태가 더 신기해 보입니다. 다시 살펴본 잎의 모양도 신기합니다. 어린 가지에서 나온 잎은 세 갈래로 갈라지는데, 묵은 가지에서 나온 잎은 밋밋한 달걀 모양입니다. 나뭇가지가 나이 먹는 동안에 잎사귀 갈라지는 노역이 싫어진 것일까요. 다른 뽕나무종하고 비슷한 점을 구태여 찾는다면, 열매일 것입니다. 이 나무의 열매는 다른 뽕나무들 열매처럼 붉은 딸기 모양이라고 봐줄 수 있고, 그 맛도 오디처럼 달콤해서 먹을 수 있으니까 말입니다.

뽕나무라는 나무이름이 생겨난 내력이 재미있습니다. 꾸지뽕나무 조상이 생각하기로는, 비단 실을 뽑아내는 영특한 누에가 자신의 잎을 먹고도 자라니까 사람들이 자기에게도 뽕나무라고 불러줄 것 같은데, 그러지 않는 이유를 알아냅니다. 무서운 가시가 돋혀있기 때문이었던 겁니다. 인간세계에서는 활 쏘기 명수가 힘자랑을 한다는 말을 들은 꾸지뽕나무는, 자신의 목질이 활 만드는 최고의 재료감이 되도록 만들어서 세상에 내놓게 되지요. 명품 활의 재료가 되기 위해 목숨 거는 모험을 할 정도로 '굳이'(=꾸지) 뽕나무라는 이름으로 불리고 싶었다는 것입니다. 뽕나무라는 이름이 그렇게 명예로울 수 있는 이유는, 뽕나무들은 누에의 먹이가 될 뿐만 아니라, 잎이나 열매나 줄기나 뿌리나 모두가 제각기 인체에 특효의 약재가 된다는 건데, 뽕나무종에서 빚어내는 특효약이 주로 여성질환에 관련된다는 것도 묘합니다. 그런데, 인간을 이롭게 하는 약재가 되는 뽕나무종들 가운데에서도 유독 꾸지뽕나무의 약효가 더 뛰어나다는 것이고, 이 나무의 약재는 특히 항암효과가 뛰어나다고 하네요. 무서운 가시가 돋히거나, 명품 활의 재료가 된다거나, 늙어서 옹이투성이 목피가 된다거나, 꾸지뽕나무는 살아서든 죽어서든 무지막지한 싸움꾼 이미지입니다.

꾸지뽕나무의 무서운 가시가 생겼다가 없어지는 것과 아주 비슷한 현상이 호랑가시나무에서도 일어난다는 것을 알았습니다. 추운 겨울에도 짙푸른 잎들을 단단하게 매달고 있는 상록활엽수인 이 나무는 호랑이처럼 무서운 가시가 있다고 해서 호랑가시나무라는 이름이 붙었다는 것인데, 이 나무의 잎 가장자리에는 날카로운 가시들이 여러 개의 꼭지점을 이루고 있습니다. 그것도 그냥 모양만 가시가 아니라 찔리면 상처가 날 정도로 예리하고 굳센 가시여서 이 나무를 철조망을 대신하는 울타리로 마당 둘레에 심는 가정집도 있다는 것입니다. 쓸데없는 가지 뻗기가 없이 단아한 이 나무의 수형도 울타리감으로 손색이 없습니다. 그런데 희한하게도 호랑가시나무 잎에 덧난 가시들은 이 나무가 하늘 높이 자라날 시점에 가서 서서히 없어진다는 겁니다. 외적의 침입을 걱정할 필요가 없을 정도로 높이 자랐으니까, 자기방어 수단이 따로 필요없다는 배짱인 것 같습니다. 그러나, 이 나무는 꾸지뽕나무처럼 말년의 행색이 전혀 험악하지 않고 우아한 모습이어서 크리스마스트리로도 많이 쓰인다고 합니다. 서양에서도 악귀를 내쫓는다는 속설이 있어서 정원수로 많이 심었다고 하네요. 한반도에서보다는 제주도에서 잘 자라는 귀한 수종이어서 판매가격도 비싸다고 하네요. 그런 이유 때문인지 한라생태숲에서는 눈에 잘 뜨이는 위치에 호랑가시나무를 여러 그루 식재하고 있습니다.

7월

신록의 숲

오늘은 여기 숲공원의 개별적인 수목 이야기 대신에 그냥 전체적인 숲 감상 이야기를 하고 싶네요. 초여름 푸르른 숲의 녹음 풍경이 사람들의 시선을 한껏 잡아끌고 있군요. 저는 숲 감상의 밀도를 높이기 위해 오래 전에 읽었던 이양하 교수의 수필 「신록예찬」을 찾아서 읽어 봤는데, 여러 번 읽어도 공감이 가는 좋은 글이라 생각됩니다.

신록을 대하고 있으면 신록은 먼저 나의 눈을 씻고 나의

88

머리를 씻고 나의 가슴을 씻고 다음에 나의 마음의 구석구석을 하나하나 씻어낸다. 나무와 풀과 바람과 하늘이 그들의 기쁨과 노래를 가지고 나의 빈 머리에, 가슴에, 마음에 고이고이 들어앉는다. 주객일체, 물심일여, 황홀한 무념무상, 이러할 때 나는 모든 것을 잊는 가운데, 모든 것을 가진 듯이 행복스럽다.

이양하 교수처럼 숲 감상의 밀도가 높아지기 위해서는 이성의 작용은 좀 쉬게 하더라도 상상력의 작용은 필요할 것 같습니다. 신변잡사의 근심걱정 같은 것들은 잠시 접어놓음으로써 그 빈자리에 아름다운 숲의 경관이 자유롭게 들어와야 주객일체의 경지에 도달할 수 있는 것인데, 그러기 위해서는 보이지 않는 상상의 세계가 떠올라야 될 것이니까요. 나무 한 그루, 풀잎 하나만 해도 지금 눈에 보이는 것 이상으로 거대한 질서에서 유래한 것이 아니겠습니까. 시간적으로는 억만 년 전부터 장구한 세월 있어온 식물들 생장과 진화의 역사가 있었지요. 공간적으로는 여기 나무들을 키우느라고 하늘에서는 비와 햇빛을 내려보내 주었고, 땅에서는 거름

될 만한 온갖 종류의 물질들을 대어주었지요. 이 나무들이 작은 씨알에서 싹이 트고 자라서 꽃을 피우고 열매 맺는 동안에는 숱하게 많은 유전인자들의 조직적인 협력과정이 있었겠지요.

우리는 상상력을 구사함으로써 신록의 숲에서 영원한 생명현상의 질서 같은 것을 느낄 수 있을 것입니다. 일시적인 신록의 경관만이 아니라 그 가운데 숨어있는 사계절 순환의 역사까지 볼 수 있어야 숲 감상의 의미가 완성되는 것이겠지요. 눈앞의 사물이 어마어마하게 거대한 질서를 배후에 지니고 있다면, 그것을 보는 사람은 보잘 것 없는 미물이 되어 주눅이 들 게 아니냐고 생각할 수도 있지만, 그렇지는 않습니다. 나 자신도 저들처럼 어마어마한 우주 질서의 한 부분이니까, 주객일치와 물심일여의 경지로 들어가는 것이지요. '우주로 들어가는 가장 명징한 길은 야생의 숲을 통한 길'이라는 말이 실감나지 않겠습니까. 나의 감각이 우주적인 차원으로 고양되는 가운데, 나 자신의 생명이 대자연의 다른 생명체들과 같은 뿌리의 거대한 질서에 속한다는 자기확대의 감격에 이를 수 있을 것입니다.

숲 감상의 양상은 옛날 사람과 요즘 사람이 크게 다를 것 같습니다. 자연현상에다가 갖가지 인공을 가하여 이용하려는 욕심이 많지 않았던 시절, 사람들은 자연을 두려워하고 경외심을 가졌겠지요. 그들은 별들과 구름의 장엄함에 감격하였고, 자기 자신의 존재 역시 대자연처럼 존엄하고 신비한 뿌리를 지닌 것으로 알았겠지요. 무서우리 만큼 엄숙하다는 뜻을 나타내는 데에 숲삼森 자를 넣어서 森嚴(삼엄)하다고 했다는 사실이 이를 말해줍니다. 신비하고 거대한 질서를 나누어 가진 대자연과 사람은 서로 공명하고 교감하기가 쉬웠을 것입니다. 이런 생각을 하면, 숲 감상 시간의 의미가 결코 가벼울 수 없지요.인간을 대상으로하는 감성은 복잡미묘하고 상처받기 쉬운 것인데, 이를 치유하는 것이 대자연을 대상으로 하는 평화로운 감성세계일 것입니다. 자기 안팎의 대자연에 대한 원시적인 감성이 퇴화되어 버린 현대인들에게 옛날같은 소박한 감성을 되찾게 해주고 일종의 존재론적 치유 기회가 되는 것이 바로 숲속을 거니는 것이라는 생각입니다.

한라생태숲의 숲해설사는 자본주의가 지배하는 이 시대

의 숲은 '자본과 기술에 의해 점령되었다'는 표현을 썼습니다. 요즘 사람들은 자연을 바라보기를 경제가치의 면에서만 보고있으니, 이러다가는 대자연의 엄중한 보복이 있을 거란 얘기지요. 철학교수 출신다운 말이지요. 경외심과 경이로움의 원천인 미지세계의 신비함이 사라진 숲이니까, 친숙할 수는 있지만 헛헛하고 맹숭맹숭할 수밖에 없지요. 이 시대의 나무와 숲은 살아숨쉬는 생명체가 아니라 죽어서야 쓸모있는, 자원화되고 상품화된 물건이라는 것입니다. 요즘 사람에게는 어떤 나무의 재목이 어떤 용도로 쓰이고 그 상품가치가 얼마나 되느냐가 주된 관심사이지, 그 나무의 잎과 꽃과 열매가 어떤 모양이고 그 성장과정이 얼마나 신통방통한지는 까맣게 모를 수가 있다는 것입니다.

어릴적에 서울로 이사 간 저의 친구 하나가 얼마 전에 이 생태숲 구경을 같이 한 적이 있는데, 제가 놀라버린 건, 이 친구가 동백나무를 몰라보더라는 것입니다. 이 친구가 이곳에서 알아본 나무는 소나무 정도였습니다. 아무려면, 제주도가 고향이면서 동백나무를 몰라보다니, 저는 이 친구를 실컷 놀려주었지요. 그러면서 생각난 것이, 숲을 바라보는 사람이 그곳의 수목에 대한 생태학적 지식이 모자란다고 할 때에도 원시시대와 요즘 시대 사이에는 큰 차이가 있겠다는 것입니다. 원시시대에는 인간세상에 아직 그런 지식이 쌓여있지 않았기 때문이고 어쩌면 그런 지식을 모르고도 불편하지 않은 세상이어서 그랬을 터이니까, 그런 무식함은 당연하고 자연스러웠지요. 그렇지만 요즘 세상에 수목에 대해 무식하다는 것은 일종의 윤리문제라고 생각됩니다. 문명시대의 인간들은 그들 자신의 생존이 가능한 것이 지상의 식물들 덕분임을 알 만큼은 교화가 되었을 터인데 그렇게 고마운 식물들의 성장 과정과 환경문제에 대해 무지하다는 것은 배은망덕이 아닐까요. 또한, 우리 인간이 숲속의 식물들과 가까이하여 건강을 챙기거나 아름다운 풍치를 즐길 수 있는데도 그런 기회를 이용하지 못하는 것은 윤리문제라기보다는 어리석음의 소치라고 생각되는군요. 말기암 환자도 숲속에 들어가 살면서 좋은 공기 마시는 것이 최선의 처방이라는 얘깁니다.

생태숲 구경은 눈으로만 할 것이 아니라 귀로도 할 수 있다는 것을 알았습니다. 새소리를 듣는 재미가 있다는 것입니다. 우리 눈에 보이지 않는 깊은 숲속에서도 수많은 생물들이 생존경쟁을 벌이는 한편 그들 나름의 생명찬가를 부르고 있다는 것이지요. 크고작은 곤충들도 있겠지만, 우리 감각으로는 새소리만이 들리는 셈이지요. 저희들이 어릴 때 많이 들었던 짧은 민요 한 가락을 되뇔 때가 많습니다. '아침에 우는 새는 배가 고파 울고요, 저녁에 우는 새는 님 그리워 운다.' 실지로 아침 시간에 한라생태숲에 가보았더니 새들의 독창과 합창 소리가 왁자하게 들려서 딴 세상에 온 것만 같았습니다. 밤새 굶었던 배를 채우기 위해 출동한 새들이 많기도 하겠지만, 아침 공기의 습도가 높아서 소리전달이 더 잘되는 탓도 있답니다. 전문적인 조류학자가 아닌 한에 새소리를 듣고 어떤 새인지 구분되는 사람은 별로 없겠지만, 좀 유별난 새소리는 기억에 남지요. 제가 들은 수많은 새소리들 중에 구별하기가 제일 쉬운 것은 '비쭉 비쭉' 하는 소리입니다. 새소리가 꼭 사람 말소리처럼 선명하여서 마치 허풍 센 어떤 사람을 비꼬아 줄 때 '삐쭉거린다'는 말뜻으로 들립니다. 어떤 새인지 알아보았더니 표준어로 '휘파람새'이고 제주말로는 '삐쭉생이'인데, 참새처럼 생겼다는 이 새의 모습을 언젠가는 볼 수 있겠지요. 울음소리가 독특한데다 겁이 많아 활동범위가 좁기 때문에 사람들이 잡아다가 집에서 기르는 예도 많다고 합니다.

제가 여기서 특별히 덧붙이고 싶은 말은, 우리 생태숲 해설사의 열변에 대한 것입니다. 이분의 식물생태 해설은 종종 생태철학 강론으로 치닫고는 하는데, 이번 얘기는 나무의 생태에 대한 국민교육이 왜 나무 생태의 위기에 대한 교육으로 이어지지 않느냐는 문제제기였습니다. 지구상의 모든 생명체는 태양을 일차적인 에너지 원천으로 삼는데, 무한대의 태양에너지를 지구상의 생명체가 이용할 수 있도록 형태를 변환시켜주는 제일 단계가 식물의 광합성이라는 사실은 초등학교에서부터 배운다는 거지요. 식물의 광합성 작용이 대기 중의 탄소를 흡수하고 산소를 배출하는 일을 해주지 않으면 동물계의 생존은 원천적으로 불가능하다는 것을 모르는 사람은 없을 것입니다. 식물 중에서도 나무숲이 단연 중요한 에너지 원천임도 잘 알려진 사실이고요. 햇빛을 가지고 생명에너지를 만드는 작업의 첫 단계는 식물이 맡고 있다는 거지요. 용암처럼 지구생명체에게 적대적인 물질을 흙으로 변질시켜주는 것도 나무 뿌리의 탄소공급에 의한 분해작용 때문이라는 겁니다. '하늘의 더운 입김이 나무를 타고 내려와 대지에 닿더니 흙을 껴안고 입맞춤 하네'라는 어떤 시인의 표현이 실감나지 않습니까.

나무가 없는 세상이 되면 당장 죽음으로 간다는 것을 알고 있는 사람들이 지금 어떻게 살고 있느냐, 이것이 문제인 거지요. 전세계적으로 해마다 우리 남한 땅 넓이 만한 나무 숲이 벌목되고 있다는 것이 월드왓치 연구소라는 환경단체의 발표라고 했습니다. 자본주의 경제발전과 성취동기에 혈안이 된 인간들 때문에 지구 생명체들의 생존환경 자체가 위협받는 실정인 것이지요. 전지구에 걸친 이상기후의 빈발은 우리가 해마다 겪고있는 현실인데, 이 문제를 극복하는 것은 지구상의 숲을 보호함으로써만 가능하다는 얘기입니다. 이와 관련하여 우리 숲해설사가 들려준 얘기가 또 다른 감동이었습니다. 자기가 아는 어떤 인기작가의 불같은 결단 이야기였는데, 그 작가는, 지구상의 숲에서 잘려나오는 수목의 총량 중에 거의 절반이 종이책 만드는 펄프원료로 들어간다는 말을 듣고는 과감하게 절필 선언을 했다는 것입니다. 지구 생명체 역사의 종말을 앞당길 정도로 자기가 내놓는 문학작

품들이 인간사회에 해악을 끼친다는 사실을 확인한 결과라는 겁니다.

　우리 생태숲 해설사가 한국적인 자본주의 병폐를 비판하는 말은 좀 낭만적이랄까 감성적인 데가 있습니다. 한국이 경제발전 모범국가인 동시에 행복지수 최저에다 자살률 최고인 것은 그만큼 성취동기와 신분상승 욕구가 강하기 때문이라는 겁니다. 자본주의 사회의 병폐인 비정한 생존경쟁이 극렬하게 벌어지는 나라가 바로 한국인데, 이런 현상은 한국 사회가 아파트 거주 비율 세계 제일인 사실과 표리관계라는 기발한 주장입니다. 자기가 사는 집을 주거환경으로 보지 않고 투자대상으로 보는 사람들이 아파트 주민들인데, 이웃사람들 보기를 모두 자기처럼 신분상승에 목숨을 건 경쟁상대로 보게 되는 아파트 단지는 자본주의 과열경쟁의 열기를 촉진하는 온상이라는 것입니다. 대자연과 접촉하고 교감하는 즐거움을 모르면 자연친화적인 감각이 퇴화하고 사람들 사이의 경쟁에서 이기는 일에 전력투구를 하니 도시인들의 삶은 점점 각박해진다는 거지요. 이에 반해 숲속의 대자연과 만나는 시간은 경쟁사회의 스트레스를 해소하고 정신건강을 회복하는 최선의 처방이라는 얘깁니다. 자기 이웃에 사는 사람들을 생존경쟁자가 아니라 우주적인 차원의 공동운명체임을 깨닫게 해주는 것이 숲속의 공기와 나무와 새들이라는 주장이니까, 생태숲 해설사로 나선 것에 대한 프라이드가 대단한 사람입니다.

8월
구상나무, 주목, 비자나무

'세'계희귀목경연대회' 같은 것을 연다면 구상나무가 단연 금메달 감이 되지 않을까 합니다. 이 나무는 한라산을 자생지로 삼아 지구상에 태어났는데 그 서식지는 기껏해야 우리 한반도에 그친다고 합니다. 단지 희귀하기만 한 게 아니라, 예쁘고 기품이 있습니다. 유럽사람들이 구상나무를 보기 위해 제주도 방문 오는 예가 많다고 하는데, 그 중에 어떤 식물학자는 이 나무야말로 '지상에서 가장 아름다운 나무'라고 찬양을 했답니다.

구상나무는 우리 제주 사람들이 자부심 가질 만한 나무입니다. 잎이든 꽃이든 열매든 정교하면서도 야무진 인상을 주며, 우아하면서도 고결한 자태를 보여줍니다. 솔방울 모양의 열매가 하늘을 향해 힘차게 솟아있는 모습에서는 한대지방 추운 날씨를 이겨내는 꿋꿋한 기상이 엿보입니다. 침엽수이지만, 잎 끝이 까칠하지 않고 부드러운 인상입니다. 20세기 초부터 유럽의 식물학자들이 한라산에 와서 구상나무를 채집해서 갔고, 미국의 어떤 고명한 식물학자는 구상나무 씨를 채취해 갖고 돌아가서 미국 환경에 맞게 품종 개량하여 크리스마스트리 용으로 보급할 계획이었다고 합니다. 묘목을 살리고 키우기가 어려운 이 나무의 품귀현상 때문에 대중화되지는 못했지만, 이를 계기로 구상나무의 이름이 널리 알려지게 되었지요. 구상나무의 학명 Korean Fir에 Korea가 들어가게 된 것도 이 사람 덕이라고 합니다.

구상나무는 제주사람들에게 자부심을 심어주기도 하지만, 쓸쓸한 자괴감을 자아내는 면도 있습니다. 세계적인 명성을 누리는 이 진귀한 나무는 세계자연보존연맹이 멸종위기종으로 지정할 만큼 집단고사 현상을 보이고 있다는 것입니다. 한라산 정상 가까이 자라던 구상나무의 80% 정도가 말라죽었다는 슬픈 소식입니다. 이 나무가 멸종 위기에 처한 것은 거의 불가항력적인 지구온난화 때문이라고 하니, 답답한 심정이지요. 구상나무는 빙하기의 저온현상에 잘 적응했던 유전인자가 남아있어서 고산지대의 추위는 잘 이겨내지만 현재 불어닥치는 지구온난화 바람에는 견딜 수 없다는 것입니다. 겨울에는 많은 눈이 내려서 나무를 덮어주어야 정상적인 발육이 된다고 하니 대책이 있겠습니까. 추운 고장이 구상나무 성장의 적지라고 하면 앞으로 이 나무는 점점 북상해서 올라가는 것은 아닌지, 이 나무는 왜 애초부터 북쪽 나라 추운 곳에서 자생하지 않고 비교적 온난한 한라산에서 태어났는지, 식물의 생태와 환경 문제는 설명할 수 없는 것이 많은 것 같네요. 기후가 적합하지 않아도 한라산의 공기 자체가 구상나무 성장을 도와주는 묘약을 담고 있었는지도 모르지요. 우리 잘못만은 아니지만, 아까운 희귀목의 집단고사 소식을 듣는 우리는 여간 서운한 마음이 아니지요.

한라생태숲에서도 구상나무 보존운동에 적극 동참하고 있습니다. 구상나무 군락지를 따로 조성하여 중환자 보살피

듯이 정성을 쏟고있는 여기 직원들의 모습을 보게되는데, 한라산에서와 같은 참혹한 고사 현상은 면하는 것 같습니다. 한라산을 자생지로 하는 구상나무는 한반도의 고산지대로까지 영역을 넓혔는데 특히 지리산 일대에 많이 분포한다고 합니다. 한라산의 구상나무는 한반도의 것에 비해 아담하니 키가 작고 나무줄기에서 갈라진 가지들이 매우 촘촘히 붙어있는 것이 특징이라고 합니다. 바람이 센 지역이어서 나타난 적응현상이지만, 수형을 우아하게 만들어주는 것이 바람이라는 얘기가 되네요.

우리 고장에서는 '노가리'라는 재미있는 이름으로 많이 알려진 주목朱木은 얼른 보면 구상나무와 혼동하기 쉽습니다. 둘 다 고산지대에서 잘 자라는 침엽수이지만, 구상나무는 소나무과에 속하고 주목나무는 주목과에 속합니다. 침엽수라고 하지만, 구상나무나 주목나무 잎은 바늘 모양의 소나무 솔잎처럼 가늘지가 않고 사람 손가락처럼 뭉툭하게 생긴 편이지요. 특히 잎 끝이 뾰족하지 않고 부드럽게 마감질한 것이 솔잎과는 판연히 다릅니다. 얼비슷한 주목나무 잎과 구상나무 잎을 잘 들여다 보면, 나뭇가지에 붙어있는 잎들이 얼마나 촘촘하고 기운차게 보이느냐 하는 점에서 판이하게 다릅니다. 구상나무 잎들은 하늘을 향해 만세 부르듯이 손을 치켜든 모습이라 할까요. 주목나무 잎들은 옆으로 누운 것들도 많거니와, 특히 옆으로 뻗은 나뭇가지에 붙은 잎들은 작은 가지를 중앙분리대로 하는 널빤지 형태에 가깝습니다. 구상나무 잎들은 나뭇가지를 가운데 축으로 삼는 원기둥 모습이어서 어딘지 야무지다는 느낌이지요.

구상나무와는 달리 주목은 한국만이 아니라 일본과 중국과 시베리아 대륙에도 서식하고 있어서, 한라산 자생식물이라는 브랜드 마크가 해당되지는 않습니다. 한반도에 고르게 분포하고 있는데, 지구온난화로 인한 집단고사 현상은 구상나무에 비해 좀 덜한 편이라고 합니다. 주목이라 하면 잘 따라다니는 말이 있지요. '살아 천 년, 죽어 천 년'이라는 말을 선배님도 들어보셨을 겁니다. 성장이 느린 대신에 수백 년을 꿈쩍없이 살다가는, 죽어서도 썩지 않고 같은 자리를 지키며 천 년을 견딘다는 것입니다. 주목이 장수식물인 것은 이 나무의 속이 빨간색이라는 것과 무관치 않을 것 같네요. 동물이 살아있는 동안 피는 빨간색일 테니까요. 주목의 이름자에

빨간색 주朱가 들어간 이유가 그렇다는 것입니다. 주목은 죽고 나서도 목재의 속질 색깔은 빨강이라고 하고, 희한하게도 오래된 목재일수록 더욱 빨개진다고 하네요. 옛날 풍속에 주목나무를 집안 정원이나 묘지 가장자리에 많이 심었던 것은, 이 나무의 붉은 색깔이 악귀를 쫓는 벽사辟邪의 힘이 있다고 믿었기 때문이라고 합니다. 주목의 꽃말이 고상함과 명예임은 구상나무와 상통한다고 하겠는데, 이 나무에게 '죽음'이라는 꽃말은 좀 엉뚱한 감이 있습니다. 그러나, 장수와 죽음은 동전의 양면처럼 가까운 자리에 있다는 점을 생각하면 그럴듯하기도 합니다. 또 하나, 주목 나무의 씨앗 속에는 동물을 죽음으로까지 끌어갈 수 있는 독극물이 있어서 이런 경고용 꽃말이 생겨났다는 말도 있더군요.

비자나무는 여러 가지 점에서 주목나무하고 비슷합니다. 비자나무는 주목나무처럼 성장이 느리면서 장수하는 나무이고, 목재의 재질이 치밀하고 곱고 향기로워서 가구 만드는 고급재료로 쓰였는데, 비자나무 목재는 특히 바둑판 재료로서는 최고 인기로 알려져 있답니다. 주목과에 속하는 비자나무이지만, 이 나무의 잎은 주목나무 잎보다 납작하고 끝도 좀 뽀족한 편입니다. 과거에는 남해안 일대와 제주도에 널리 자라던 나무였는데, 장기간의 벌채로 인해 대부분의 식생이 사라져서 지금은 소수의 천연기념물 보호숲의 형태로 남아있습니다. 한라생태숲 안에서 육성 중인 비자나무도 그렇게 많지는 못하지만, 구좌읍 평대리에 위치한 비자림의 건재가 비자나무의 슬픈 운명을 위로해 준다고 할 수 있지요. 멀리 고려시대부터 천 년 가까이 이 비자림 자리에 지켜서 있는 3천 그루 가까운 비자나무들 중에는 수백 년 고령인 수목이 많다고 합니다. 기적과도 같은 거대 비자림의 형성 내력에 대해서는 여러 가지 설이 있지만, 옛날 성대했던 제주도 무속행사에서 당신堂神들에게 치성물로 올렸던 비자 씨알들이 흩어져 날아가서 숲을 이룬 것이라는 설이 유력하다고 합니다. 이 비자림에서 조금만 남쪽으로 올라가면 제주 무속의 본향인 송당리가 있으니 이런 설명이 더 그럴듯해 보입니다. 피톤치드 발산이 특히 많아서 쇠약해진 심신의 기력을 보해 준다거나, 여러 가지 덩굴식물들을 가지마다 붙어살게 하여 하늘나라로 보내준다는 등 주민들에게 신령스러운 숲으로 인식되고 있다는 것입니다.

9월

산딸나무

소나무 같은 침엽수가, 꼬장꼬장한 성질로 젊은이들에게 토라지기 잘하는 노인장 같다고 한다면, 너그러운 웃음으로 젊은이들과 마주하는 다정한 할아버지는 산딸나무 같은 활엽수 타입이라고 할 수 있을 것입니다. 소나무는 그 당당한 자태와 장구한 진화 역사의 경륜으로써 위신을 세운다고 하지만, 꽃다운 꽃도 없고 달콤한 열매도 없지요. 이에 비해 산딸나무는 너풀너풀 큼직한 잎과 예쁜 꽃과 푸짐한 열매를 매달고 있으면서 찾아오는 손님들을 환영하는 것만 같습니다. 그런 점에서 산딸나무는 다른 활엽수 수목과도 달리 넉넉한 품새를 보여주지요. 한라생태숲에서도 경쾌하고 산뜻한 차림새인 산딸나무 특유의 매력을 인정했는지 여기저기 계획적인 식생을 많이 해준 것 같습니다.

저희가 어렸을 때에는 어른들이 한라산에서 따오는 '틀'이라는 열매가 있었는데, 그 '틀'이 바로 산딸나무의 열매인 것을 뒤늦게야 알았습니다. 산딸나무는 산딸기나무하고 다릅니다. 산딸기나무는 키가 작은 떨기식물인데 가지에 가시가 많이 돋아있지만, 열매는 큼직하고 달콤하여 복분자나 오미자 같은 고급 품종과 더 가까운 촌수입니다. 이에 비해서, 산딸나무 열매는 윤기가 별로 없는 붉은색이고 달콤한 맛도 별로이기 때문에 맛있는 먹거리가 넘쳐나는 요즘 시대에는 아예 과일로 쳐주지도 않는 것 같습니다. 이곳에 다니면서 살펴보아도 산딸나무 열매를 먹는 사람은 보이지 않고 새들만이 즐겨 먹는 것 같습니다. 옛날에는 어른 아이 없이 '틀'이라는 산딸나무 열매를 즐겨먹었고, 이것으로 과일주 만들어 마시는 것도 많이 보았는데, 요즘에는 '산딸나무'라는 이름 속에 있는 '딸'이라는 글자 하나만이 딸기와 유사함을 보일 따름이네요.

산딸나무의 잎은 가을철에 빨간 색으로 물들 때에 가서 단풍잎처럼 예뻐집니다. 산딸나무 꽃은 새하얀 꽃잎 넉 장이 십자가 모양으로 가운데에서 만나는 모습인데, 아무리 찬양을 해도 과하지 않을 만큼 예쁩니다. 초기 기독교 시대 사람들이 산딸나무를 신성한 나무로 숭상했음은 다만 십자가 모양 때문만은 아니었을 것으로 생각됩니다. 5월 하순부터 피기 시작하는 산딸나무 꽃이 만개했을 때가 되면, 그 일대가 무슨 성대한 연례행사를 치르는 것처럼 분위기가 살아납니다. 꽃송이가 마치 귀여운 흰나비가 앉은 것처럼 보이기도 합니다. 순백색만의 꽃장식이니까 요란한 호화판 잔치 같은 것은 아니고, 경건하고 종교적인 분위기의 결혼식장 같다고 하면 어울릴 것 같습니다. 그런데, 이 산딸나무의 순백색 꽃잎들 속에 숨겨진 신기한 변신술이 놀랍습니다. 이 꽃잎들 부위는 처음에는 푸르스름한 꽃받침 넉 장이었기 때문에 이것들이 순백색의 화사한 꽃잎이 되리라고는 도무지 상상이 안 된다는 겁니다. 마치 사랑스런 표정을 기대하던 얼굴에서 무덤덤 무표정한 얼굴만을 보여주어서 기대를 접으려 했는데 어느 날 갑자기 돌변하여 다정한 사랑의 미소를 보여주는 새침데기 아가씨를 상상해 보게 됩니다.

여기서 재미있는 에피소드 하나를 덧붙일까요. 제가 익히 아는 아마추어 화가가 한 사람이 있는데 얼마 전에 저와 함께 한라생태숲에 구경을 갔었습니다. 제가 모처럼 권해서 데려간 셈인데, 그 사람 나름으로는 그림 소재를 얻어볼까 하고 갔던 모양입니다. 이 사람은 산딸나무 꽃을 유심히 들여다 보더니, 꽃송이 하나를 따서 가방에 넣고 갔더랬습니다. 며칠 뒤에 만났을 때 꽃그림이 완성됐느냐고 물었더니, 아직 미완성인데 앞으로도 영영 미완성으로 끝날 것 같다고 했습니다. 내력을 들어본즉, 그 화가는 그리다가 지우고, 그리다가 지우고를 몇십 번을 되풀이했는데 만족스러운 작품이 나오지 않았다는 겁니다. 그게 뭐 그리 어려운 일이냐고 했더니, 좀 뜻밖의 대답이 돌아왔습니다. 애초에 산딸나무 꽃을 그리겠다고 했던 것은 이 나무에 매달린 생화 그 자체로는 뭔가 미흡한 것이 있어 보여서 이와는 다른 자신의 꽃그림을 그려볼 심산이었는데 그게 잘되지 않았다는 겁니다. 꽃잎 넉 장만으로는 좀 허전한 것 같아서 몇 개를 더 넣어 그려보

앉지만 그건 거추장스럽다는 생각이 들었고요, 꽃잎 끝 부분이 너무 뾰족한 것이 거칠어 보여서 다른 모양으로 그려봤지만, 뭉툭한 끝머리는 매가리가 없어보였다는 겁니다. 꽃 한가운데에 있는 꽃술이 너무 초라해 보여서 좀 화려한 색깔로 해봤더니, 그것도 주변의 순백색 꽃잎이나 초록색 나뭇잎과 전혀 어울리지 않아서 포기했다는 겁니다. 그러니까 지금 있는 그대로가 꽃의 모양이나 색깔의 조화의 면에서 최고 최선의 것이라는 결론을 내리게 되었다는 겁니다. 결국 조물주야말로 어떤 재주꾼 인간보다도 훌륭한 예술가라는 얘기로 들렸고, '모든 예술은 자연의 모방이다'라는 아리스토텔레스의 명언이 생각났습니다.

10월

단풍나무, 굴거리나무

제가 알고있는 단풍나무는 식물분류학적으로 단풍나무속에 속하는 무려 128개의 종 가운데 하나일 정도로 그 족보가 매우 복잡했습니다. 우리나라에서 흔히 보는 단풍나무는 손바닥처럼 생긴 잎의 가장자리가 다섯 갈래나 일곱 갈래로 퍼져나가는데, 같은 종에 속하는 나무가 이렇게 잎 모양이 일정하지 않다는 것은 참으로 이상합니다. 갈라져 나간 잎 갈래 수효가 짝수가 아니라 홀수인 것만 동일합니다. 캐나다는 단풍잎을 국화國花처럼 국기에 그려넣는데 이 단풍잎은 달랑 세 갈래로 퍼집니다. 우리가 보기에는 세 갈래 짜리 단풍나무 잎은 너무 허전해 보이는데 캐나다 사람들에게는 다르게 보일지도 모르겠네요.

모든 단풍나무종들에게 공통되는 것은 나뭇잎의 색깔이 요술 부리듯이 여러 가지로 변한다는 것이지요. 한라산에 가을색이 무르익는다는 느낌을 주는 것은 단연코 울긋불긋 색동옷으로 갈아입는 단풍잎들의 역할입니다. 가만히 보니까, 단풍잎 색깔의 변화는 가을철에만 이루어지는 게 아니었습니다. 단풍잎은 이른 봄의 보드라운 연두색에서부터 시작하여 가을철 화려함의 극치인 천자만홍 단풍세상에 이르기까지 1년 중 여러 단계에 걸쳐서 색깔이 변하는데, 이런 색깔 변화가 같은 종 끼리도 다르다니 이것도 이상합니다. 이른 봄에 어린 잎이 돋아날 때부터 연두색이 아니고 붉은색인 단풍나무도 있습니다. 연분홍에서부터 노랑이나 자주색을 거쳐 진홍색에 이르기까지 나무에 따라서 색깔도 다양하고, 연하고 진함도 다양하게 변합니다. 한라생태숲에서는 단풍나무의 이 같은 매력을 인정해서인지 널따란 단풍나무 군락지를 따로 만들어주었고, 이것 말고도 탐방로 양쪽에 가로수처럼 식재한 단풍나무가 많습니다.

단풍잎은 무슨 신통한 요술을 부리길래 연중 쉬지않고 화려한 색깔 변화가 일어나는 것일까요. 저는 애초에 이것은 단풍나무의 지능지수가 높기 때문에 일어나는 현상이라고 생각했지요. 나뭇잎 색깔이 변하는 것은, 그 식물의 광합성 작용이 겪는 환경조건의 변화를 보여주는 것이고, 계절이 바뀌면서 함께 달라지는 기온과 일조량과 강수량의 변화에 대응하여 엽록소에서 일어나는 형질의 변화가 곧 나뭇잎 색깔의 변화로 나타나는 것이라고 하니까요. 그러니까 나뭇잎 색깔이 연중 쉼 없이 변하는 것은, 식물 생장의 환경 조건이 변함에 따라서 단계별로 정확하고 적절하게 대응한다는 것이고, 그러니까 단풍나무는 지능이 우수한 나무일 것이고, 그럴려면 오랜 진화과정의 역사가 있을 것이라는 상상까지 했었지요.

오랫동안 한라생태숲의 나무와 풀들이 살아가는 모습을 바라보면서 제가 깨달은 것은, 단풍나무만이 아니라 지상의 모든 식물들 지능이 높다는 것입니다. 어떤 식물이든지 제각기 처해진 환경 조건에 대응하여 제 나름대로의 적절한 적응 방식을 갖고 있고, 잎사귀 하나 뿌리 한 갈래 할 것 없이 허투루 아무렇게나 생장하는 것이 아니라는 것입니다. 약육강식의 험악한 생존환경을 헤쳐가려면 똑똑하지 않고는 배겨낼 수 없을 것이고, 살아있다는 것 자체가 똑똑하다는 증거이지요. 지금 멸종 위기에 처한 식물들은 덜 똑똑했기 때문이고, 지금껏 살아있는 생명체들은 제각기 환경적응의 적절한 능력을 갖춘 셈이지요. 산수국의 헛꽃 피우기나 민들레의 갓털 씨방만이 그런 것은 아니라는 말이죠.

이 같은 결론을 내리고 보니까, 단풍잎 색깔이 바뀌는 신통한 현상은 이 식물종의 지능이 높기 때문이 아니라, 이 나무의 기질이나 체질의 특성 때문이라는 생각에 이르렀습니다. 사람도 그렇지 않습니까. 자기가 마음속으로 어떤 생각을 갖고 있는지, 어떤 기분 상태에 있는지를 밖으로 잘 표현하는 성질이 있는가 하면, 꽁-하고 마음속을 감추고 보여주지 않는 성질도 있지요. 그러니까, 단풍나무는 계절 변화에 따르는 기온, 일조량, 강수량 등 환경 변화를 당하면서 겪는 내부 사정이나 적응 과정이 밖으로 잘 드러나는 식물종이라는 것입니다. 봄철 이후 광합성 활동으로 당분을 만들던 단풍잎은 가을철에 일조량이 줄어들어 광합성 활동이 끊기게 되면 잎사귀를 나뭇가지에서부터 떨구어버리는 충격적인 단계에 이르는데, 이때의 단풍잎 색깔이 바로 빨간색이라는 것이지요. 충격적일 정도로 강렬한 생명현상은 빨강이 될 것 같지 않습니까. 여름에 일조량이 많았다가 갑자기 적어지면 서 기온이 급강하할수록 단풍잎 빨강이 더 짙어진다고 하니까요. 흥분한 사람의 얼굴이 빨개지는 식이겠지요. 단풍나무가 이처럼 자기 삶의 깊은 속내를 노출하기 좋아하는 성질은 봄철에 피는 꽃의 모양에도 나타납니다. 다른 나무의 꽃들은 여러 개의 꽃잎들이 가운데의 꽃술을 둘러싸고 엄호하는 형태를 이루는데, 단풍나무꽃은 그런 꽃잎들이 거의 존재하지 않기 때문에 꽃술이 밖으로 노출된다는 것입니다. 가운데 있는 중요 부위가 감추어지지 않고 밖으로 드러나는 현상은 단풍나무의 꽃만이 아니라, 열매도 덮개가 없이 그냥 대기 중에 노출된다는 것입니다. 단풍나무의 잎사귀 모양은 좌우 양쪽에서 다섯 달래나 일곱 갈래로 나뉘어있는데, 여러 개의 잎 갈래가 있는 것도 이런 갈래가 없이 가두리가 그냥 밋밋한 타원형 모양의 잎에 비하여 자기 표현의 열기가 더할 것이라는 생각입니다. 혼자 부르는 노래에 비하여 여러 사람의 합창이 더욱 감동적으로 들리지 않겠습니까. 그러고 보니까, 단풍나무의 잎 갈래가 다섯이나 일곱으로 나무에 따라 달라지는 것도, 이 나무의 자기표현 방식이 풍부함을 보여주는 것이 아닐까 싶네요. 일정한 규칙에 맞추지 않고 그때그때의 기분에 맞추어 표현이 달라지는 스타일이 단풍나무 성질인 것 같습니다. 사람도 웃는 모습이 여러 가지인 사람은 자기표현이 풍부하다고 하는 식이지요. 이 나무에서는 수액樹液의 체내 전달 시스템이 유다르든가 그럴만한 내력이 있을 것 같습니다. 이런 생각 때문일까요, 단풍나무 목재의 재질은 소리 전달 기능이 우수하여 바이올린이나 첼로, 드럼 등의 악기를 만드는 최고급 재목이라는 말을 들었는데, 이것도 단풍나무 특유의 체질과 관계가 있지 않을까요.

제가 단풍나무 다음에 소개할 수목으로 굴거리나무를 택한 것은, 계절변화에 대한 반응 방식이 이렇게 다를 수 있구나 하는 놀람의 결과입니다. 가을이 깊어지면서 일조량과 강수량이 감소함에 따라서 식물의 광합성 활동이 위기를 맞는데, 단풍나무는 이런 위기를 충격으로 받아들인 결과가 새빨간 단풍잎이지요. 단풍나무는 잎 색깔 변화로 그치지 않고 쓸데없는 잎들을 아예 제거해버리기로 작정하고 전면적인 잎 떨구기를 단행하기까지 하지요. 이에 반해 굴거리나무는 늦가을 햇빛이 약해진다고 해서 잎 색깔 변화나 잎 떨구기 같은 예민한 반응을 보이지 않습니다. 잎들은 추운 겨울에도 찐한 녹색을 유지하면서 나뭇가지에 그냥 붙어있습니다. 소나무 같은 침엽수는 원래 겨울철 도래에 대비한 것이 바늘 모양의 잎이라고 하지만, 활엽수 중에서도 큼직한 잎을 풍성하게 키우는 굴거리나무가 추운 겨울에도 낙엽이 지지 않는 것은 이상합니다.

굴거리나무가 추운 겨울을 맞이하면서도 아무런 변화 양상이 없다고 해서 이 나무를 상록활엽수 수종에 올려주는 모양인데 그냥 겉보기로는 상록활엽수처럼 보인다는 것이지요. 그런데, 내막을 알고보면, 굴거리나무는 때가 됨을 기다려서 낙엽이 진다는 것입니다. 가을과 겨울의 격동기를 아무런 반응 없이 묵묵히 지내던 굴거리나무는 새봄이 되어 새로운 잎을 피우는데, 새 잎이 다 커서 제 모양을 갖출 때 쯤에 그동안 가지에 붙어있던 묵은 잎은 점차 누런 빛이 감돌다가 땅바닥으로 슬그머니 떨어집니다. 녹색 색깔이나 널따란 잎 모양이 1년 내내 변치않던 그 묵은 잎입니다. 묵은 잎이 낙엽 되어 떨어진다는 극적인 순간의 반응 방식이 사람들에게는 숨겨져 있는 셈이니, 개체 내부의 진통 과정을 보란듯이 과시하는 단풍나무와는 너무나 다른 것이지요. 굴거리나무가 겨울을 나는 방식이 단풍나무와 다른 것은, 이 나무가 열대지방 나무들의 생태를 말해준다는 것을 알았습니다. 상하의 나라 열대지방에서는 광합성 활동을 중단하고 겨울을 나는 일이 없기 때문에, 겨울 동안 잎을 떨구고 있을 필요가 없고 묵은 잎을 새 잎으로 교체하는 것은 다만 신체기관의 신진대사 작용 같은 것이라는 얘깁니다. 어쨌거나, 열대지방 나무들은 계절변화에 대한 반응 방식이 미약할 수밖에 없는데, 그러고 보니까, 잎이 유난히 크고 두툼한 굴거리나무는 바라보는 느낌이, 입술이 두툼하고 감각이 둔할 것 같은 열대지방 사람들과도 닮았다고 생각되는군요. 반면에 계절변화가 뚜렷한 온대지방에서는 사람들이나 나무들이나 계절변화에 대한 감각과 반응이 예민하고 다양하다는 점에서 열대지방의 느긋하고 대범한 생태 특성과 다를 수밖에 없을 것 같습니다.

11월
조릿대, 고사리

옛날에는 조릿대가 쌀 씻는 조리를 비롯한 가정용 죽제품 재료로 많이 쓰였다고 하지만, 우리 제주도의 경우에는 조리 같은 부엌 용구를 별로 사용하지 않아서 생소한 이야기이지요. 이렇게 별로 쓸모가 없는 식물이었기 때문에 한라산에 퍼지기 시작한 조릿대가 귀찮은 천덕꾸러기 취급을 더 받는 모양입니다. 한라산에 들어가면 가는 곳마다 조릿대 천지이고, 한라산의 80%는 조릿대가 장악하고 있다는 얘기가 들립니다. 생명력과 번식력이 막강한 조릿대가 한라산의 대부분 지역에

빽빽히 들어찬 결과 다른 식물들이 성장하고 번성하는 것을 방해하고 있으며, 제주도가 자랑으로 삼는 수많은 희귀식물들의 멸종 위기를 재촉한다는 것입니다. '종 다양성의 보고'로 평가되는 한라산이 '조릿대 공원'으로 변해 버릴지 걱정이라는 거지요. 조릿대는 사람 키에 훨씬 못 미치는 난쟁이 식물임에도 불구하고, 생명력과 번식력이 강하다는 것은, 햇빛을 받아들여 활용하는 독특한 비결 같은 것이 있는 것으로 상상되거니와, 키가 큰 식물들이 잎을 떨어트리는 가을이나 겨울이 조릿대의 성장이 집중되는 것도 이 식물의 특징이라고 합니다. 겨울철이 시작되어야 조릿대 잎의 윤기가 더 빛난다는 얘기입니다.

다른 대나무들도 마찬가지인데, 조릿대의 번식력이 막강할 수 있는 것은, 이 식물의 생장 에너지가, 대기 중에 노출되는 나뭇가지나 잎보다 땅속의 뿌리나 줄기 부분에 의존하기 때문이라고 합니다. 가지나 잎, 꽃이나 열매의 성장과 번식 과정은 대기 중에 노출되기 때문에 사람이나 짐승이나 태풍 등 외부적인 힘의 공격을 받을 수 있는데, 대나무 종류는 땅속의 뿌리와 줄기에서 생장 에너지가 나오기 때문에 자기

방어의 안전성을 보장받는다는 것이지요. 조릿대의 번식 방법에는 신기한 데가 있습니다. 조릿대는 5-7년 동안에는 부지런히 땅속 뿌리를 뻗쳐서 개체 성장과 함께 종족 번식을 이루는데, 이런 방법만으로는 성에 차지를 않는 모양입니다. 꽃을 피우고 열매를 맺어야만 더 많은 개체의 번식이 가능해지고 원거리에 걸치는 후세 번식으로 이어질 것이니까요. 그러나 조릿대는 꽃 피우기와 열매 맺기 작업을 마치고 나서는 지상 부위의 줄기와 잎이 누렇게 시들어 가면서 죽음에 이른다는 것입니다. 일생에 단 한번 벌이는 개화와 결실의 중대사이니 만큼 체내에 있던 에너지 전체를 모두 소진시키는 모양입니다. 종족번식을 위한 교미를 끝내고 나서는 즉시 죽을 운명을 맞는 특이한 곤충 종류가 생각나는 부분입니다.

조릿대의 잎이나 꽃은 관상용으로도 쓰임새가 있어서 가정집 정원에서 키우는 사람들이 더러 있다고 하지만, 이 식물의 식용이나 약용 방법은 굉장히 많았습니다. 한방의학에서는 옛날부터 조릿대의 치병 기능을 이용하는 여러 가지 방법이 있었던 모양입니다. 가장 간단한 방법은 조릿대 잎 우려낸 물을 환부에 바르는 것인데, 여드름, 습진, 부스럼, 땀

띠, 찰과상 같은 피부질환을 치료하는 데에 쓰였다고 합니다. 조릿대 잎을 볶아서 가루로 만들어 차로 마시기도 하고, 잎을 잘게 썰어서 말린 후 끓여서 마시기도 했다는데, 조릿대 성분에 있는 항암작용, 혈당저감작용, 혈압억제작용, 이뇨작용 등이 일찍부터 발견되었던 모양입니다. 조릿대가 갖고있는 강한 생명력과 번식력 요소가 인체의 체력 강화와 질환 치료에도 도움이 되는 것이겠지요.

개민들레의 경우처럼 조릿대는 '무적의 침입자'처럼 제주도에 입성한 셈입니다. 하나는 한라산에서, 하나는 해안지대에서 그냥 놔둘 수 없는 세력을 이루고 있는데, 이들 두 가지 식물에게 공통된 것은 강인한 생명력이고, 모두 훌륭한 약재가 된다는 것입니다. 한라산의 공기에는 생명 에너지를 강화하는 무슨 특별한 성분이 있는 모양입니다. 옛날부터 한라산에서 발견되는 불로장수 영약의 전설이 있었는데, 이제 현대판 제주 브랜드 제약기술이 개발되는 것이 아닌지 기대가 되네요. 무적의 침입자들을 무조건 몰아내려고만 할 것이 아니라, 이들을 잘 구슬려서 적군을 아군으로 전향시키는 것이 가능하다면 얼마나 좋겠습니까.

한라생태숲에서는 '양치식물군락지'를 넓게 조성하여 보호하고 있습니다. 고생대부터 출현했다는 양치식물 자태의 특이한 분위기가 아주 이색적입니다. 11월이 되면 싯누런 색깔로 변해서 활발한 성장의 모습이 끝나버리는 고사리에서 상상으로만 그려보는 고생대의 낯선 분위기를 느낄 수도 있습니다. 그런 말을 들은 탓인지는 몰라도, '양치식물군락지' 안에 들어서는 순간, 마치 타임머신을 타고 태곳적 세상으로 되돌아간 야릇한 느낌이 들었습니다. 다른 나무나 풀들에서는 볼 수 없는 점이 많은데, 우선 꽃이나 열매 비슷한 것이 전혀 없고, 땅에서부터 달랑 한 개로 올라간 잎줄기에 다닥다닥 붙어있는 잎들의 배열은 아주 단순한 구조입니다. 생명체의 역사는 이렇게 단순한 것에서 시작되었구나 하는 생각이 듭니다. 식물학자들에게는 양의 이빨처럼 보여서 양치식물羊齒植物이라고 작명한 모양이지만, 여기 식물들 잎 모양은 질서정연한 군부대 사열식의 장면 같기도 하고, 아주 단순한 구조의 조립식 막사 건물이나 어쩌면 유치원 어린이들의 불록 쌓기 장난감과 비슷한 느낌이기도 합니다.

한국에서 자생하는 고사리종의 80%가 제주도에서 자란다고 하니 놀랄 일입니다. 아마도 양치식물종들은 원래부터 한라산의 자생식물인가 봅니다. 고사리는 종류가 여러 가지여서 대륙마다 다른 고사리가 자란다고 하는데, 아메리카의 고사리는 덩치가 엄청 크고, 유럽의 고사리는 먹지 못한다고 합니다. 이들 나라에서는 우리 제주도에서처럼 고사리축제 같은 행사 벌일 생각을 못할 것 같네요. 제주도의 고사리는 빨리 자라기도 하지만, 맛이 좋아서 각종 요리 재료로 많이 사용된다는 것이지요. 봄철이 되면 한라산에는 고사리 꺾는 사람들이 떼지어 다니는 모습을 흔히 볼 수 있고, 봄철 한 때를 가리켜서 '고사리장마'라고 부르기도 하지요. 고사리 꺾기가 일종의 스포츠가 되었다는 말이 나올 정도이고, 노래자랑 같은 유흥프로를 곁들여서 흥겨운 고사리축제 행사가 열리기도 한답니다. 이런 풍속이 널리 알려져서 요즘에는 한라산 고사리 맛을 보기 위해 들어오는 육지사람들도 있다는 얘기였습니다.

고생대부터 살았다는 양치식물이 제주도 한라산에서 많이 자란다는 말에 저의 관심이 쏠렸습니다. 고생대는 지금부터 수억 년 전 얘기인데, 제주섬이 출현한 것은 지금부터 수십만 년 전 얘기이니까, 양치식물의 제주섬 출현은 다른 지역 간의 이동으로 설명되어야 할 것 같네요. 고생대에 있었던 양치식물의 조상은 우리 시대와는 달리 엄청나게 큰 대형 식물이었다고 하니 그때의 지상세계 풍경을 상상하는 데에 중요한 포인트가 될 것 같습니다. 고사리종류가 암수 꽃술 간의 교배없이 지극히 간단한 홀씨 전달 방식으로 종족번식을 하는 것이나 줄기나 가지 뻗기가 아주 단순한 생체 구조를 이룬다는 것들은 지구 역사가 시작될 때의 이색적인 풍경을 상상하는 기초가 될 것 같습니다. 문명시대가 시작된 이후에 식물들 서식의 자연환경이 계속하여 열악해져 왔을 텐데 제주도에서는 문명시대의 자연파괴 영향을 비교적 덜 받았길래 고생대 식물종의 소멸현상도 덜 심했을 거라는 생각을 하게 되지요. 제주도는 대륙과 격절된 섬이니까 전란이나 기계문명 발달의 외곽지대라는 행운을 누렸을 거 아닙니까. 고사리를 비롯하여 구상나무나 소나무 등 고생대 식물군이 일찍부터 한라산에 자생했던 식물종임은 제주사람들의 특별한 관심사가 될 것 같습니다.

고사리가 암수 꽃술 간에 꽃가루를 교류하거나 꽃에서 나온 씨앗을 퍼뜨림이 없이 홀씨(포자) 전달에 의한 무성생식 無性生殖을 한다는 사실도 저에게는 또다른 관심 대상이 되었습니다. 유성생식을 하는 보통 식물들처럼 꽃과 열매를 정성으로 키우고 뽐내고 후대에 남겨놓는 역사가 고사리에게는 없다고 하니, 그 얼마나 허무하고 삭막한 한 평생일 것이냐 하는 겁니다. 우리 사람들에게도 남녀간에 사랑 다툼이 없는 세상이라면 얼마나 무미로울 것인지를 상상해 보게도 되지요. 남녀간 사랑다툼이 가져오는 인생의 낭비를 생각하면, 남녀 간에 무덤덤하게 지내는 삭막한 세상이 오히려 좋을 것이라고 하는 사람이 있을까요. 양치식물의 홀씨전달 방식이든, 원생동물의 개체분리 방식이든, 동식물의 번식방법은 애초에 암수가 따로 없는 무성생식이었던 것이 이성간의 접합이라는 유성생식으로 진화 발전한 것이라는 생명법칙의 역사가 새삼 엄숙해 보입니다.

12월

꿩, 노루, 백로

야산에 서식하는 조류들 중에서 사람들에게 제일 친숙한 것이 꿩일 것 같습니다. 우리 한민족의 민담, 민요, 판소리, 연극 등에서 꿩이 많이 등장하는 것도 이 새와 친숙했던 우리의 역사를 말해주지요. 신들과의 교신이 가능한 무당들이 쓰는 모자와 전쟁에서 이긴 개선장군의 모자에는 꿩 꼬리의 화려한 깃털을 꽂았다고 합니다. 우리가 익히 아는 속담들 중에는 꿩이 나오는 것이 많습니다. '꿩 먹고 알 먹기'라는 말은 꿩 잡는 것이 그만큼 예사로운 일이었음을 말해주지요. '꿩 대신

닭 잡는다'는 말은 닭보다 꿩의 가치를 더 중하게 봤다는 뜻이겠지요. '꿩 잡는 것이 매'라는 속담은, 확실한 성공 가능성을 보고 일을 추진해야지 미래 계획을 허투루 하지 말라는 경고일 것입니다. 꿩 병아리를 '꺼병이'라고 하는데, 이 단어는 굼뜨고 어벙한 사람을 놀려주는 말이기도 합니다.

꿩을 사냥하기가 쉬운 것은 이 새의 신체 구조가 민첩하게 비상하는 데에 적합하지 않기 때문이라고 하네요. 꿩은 발과 다리가 발달되어서 빨리 달리기는 하지만, 꼬리와 몸은 기다란데 날개는 짧고 뭉툭하기 때문에 멀리 날지 못하며 나는 속도도 느리다고 합니다. 이런 이유로 꿩은 사람들 눈에 잘 뜨인다는 것이고, 우리에게 친숙한 이 새의 울음소리가 그대로 꿩이라는 이름이 되었다는 겁니다. 저도 어릴 적에 야산을 지나다가 장끼를 보면, '꿩꿩 장서방' 하고 소리질렀던 기억이 납니다. 이처럼 사람들에게 친숙한 새이고, 이 새 또한 사람들을 별로 무서워하지 않기 때문에 꿩을 가정집에서 사육하는 사람들도 적지 않다고 합니다. 꿩고기가 쫄깃쫄깃 맛이 있어서 식용 목적으로 기르기도 하고, 워낙 예쁘고 귀엽기 때문에 관상용으로도 기른다는 겁니다. 한라생태

숲을 걸어가다가 꿩이 걸어가거나 날아가는 모습을 볼 때는 수도 없이 많지요. 우리 제주도는 전국에서도 꿩의 개체 수가 많기로 유명하다고 하네요.

이 새의 털 색깔도 흥밋거리입니다. 붉고 노랗고 파란 색깔들이 잘 배합되어 무척 화려해 보이는 수컷 꿩은, 수수한 흑갈색으로만 뒤덮힌 암컷 꿩의 자태와 많이 다르지요. 다른 조류들과는 유달리 장끼와 까투리라는 암수 별개의 이름이 생겨난 유래라고 합니다. 까투리의 몸 색깔이 온통 흑갈색 단색인 것은, 외적의 침입을 경계해야 하는 야산의 생존환경에서 다른 힘센 짐승들에게 쉽게 발견되지 않도록 하는 보호색의 의미가 있다고 합니다. 그러니까 장끼의 몸체만이 화려한 장식털로 덮힌 것은 외적에게 노출되어도 걱정이 없다는 자신이 서있기 때문이고, 아마도 장끼는 자기를 따라다니는 까투리에게, '너의 신변 보호는 내가 책임질 터이니 너는 안심하고 있으라'고 다독거려 줄 것 같네요.

한라산 탐방 중에 제일 많이 보게 되는 짐승이 노루일 것입니다. 의젓한 뿔, 날씬한 머리와 목, 날렵한 네 다리, 커다란 흰색 반점이 있으면서 섹시한 궁둥이, 잘록한 꼬리 등, 노루의 자태는 한 마디로 귀태라고 할 수 있을 것입니다. 노루는 일찍부터 인간이 즐겨 수렵 대상으로 삼은 야생동물인데, 고구려시대의 벽화에도 말 탄 사냥꾼이 노루 사냥에 나선 그림이 있다고 합니다. 한라산은 한국의 대표적인 노루 서식지인데 2020년 기준으로 3천5백 마리 정도나 있다고 하네요. 현재 노루 수렵은 금지되고 있지만, 로드킬과 들개의 습격이 개체 수 감소의 원인이라고 합니다.

노루는 한번에 6-7m를 점프할 수 있을 정도로 빠르게 질주할 수 있습니다. 이렇게 민첩하게 적의 추격을 벗어나는 노루이지만, 적의 공격권을 벗어났음을 알면 정지한 다음에 자기가 생판으로 낯선 나라에 들어온 것을 경계하는 듯이 사방을 두리번거리는 습관이 있습니다. 우리나라 전래의 설화에는 노루가 하늘나라의 비밀을 인간에게 알려주는 동물로 나오는데, 이런 이야기는 노루의 이같이 이상야릇한 버릇에서 나온 것이 아닌가 합니다. 노루의 버릇들 중에는 재미있는 것이 많습니다. '노루가 제 방귀에 놀라듯'이라는 말은 숲속의 조그만 움직임에도 추물락 잘 놀라는 노루의 습성을 빗

댄 것이지요. 시냇물을 마시다가도 물속에 비친 자기 모습을 보고 놀라서 달아나는 것이 노루라고 하네요.

한라산의 노루를 말하면서 생각나는 것이 한라산의 사슴 이야기입니다. 노루는 사슴과에 속하는 동물로서 그 외양이나 생태나 비슷한 데가 매우 많습니다. 사람들이 이 동물들을 초자연 세계와 통하는 영물로 보게 된 데에는 그 외양이나 버릇이 보통 야생동물과는 유다르게 영물스러운 데가 있기 때문이겠지요. 이 동물들은 모두 뛰어난 달리기 선수들이고, 수영 잘하는 것도 같습니다. 노루나 사슴이나 암컷은 뿔이 없고 수컷만 뿔이 있는데, 이들의 뿔은 해가 바뀌면서 주기적으로 떨어져 나갔다가 다시 돋아나는 신기한 모습을 보이지요. 수놈들에게만 뿔이 있기 때문에, 뿔이 없는 암놈은 위험한 지경에 처하면 수놈에게 신호를 보낸다고 합니다.

유순해 보이는 사슴은 의외로 사납고 호전적인 성질이 있어서 온순한 노루와는 다르다고 하네요. 다른 동물과 다툴 때에도 죽기살기로 싸우는 사나운 동물이 사슴이라고 합니다. 수사슴끼리 사랑 다툼을 하다가 뿔에 받혀 죽는 수가 많고, 심지어는 두세 마리 수사슴들이 서로의 뿔에 뒤엉킨 상태로 함께 몰사하는 경우도 있다고 합니다. 사슴들의 사나운 성질 때문에 꽃사슴 종이 아니면 사람들의 반려동물이 될 수도 없다고 하네요. 노루의 뿔은 비교적 소수의 가지를 치는데, 사슴의 뿔은 나뭇가지처럼 큰 가지에 작은 가지가 다시 돋아나오는 것도 싸우기 좋아하는 사슴의 호전성을 말해주는 것 같습니다. 암수 양성간의 짝짓기 방식도 마찬가지입니다. 노루들은 대체로 평생 동안 1부1처제의 평화를 유지함에 비해, 사슴은 수컷들끼리 뿔을 무기로 피 터지는 싸움을 벌여서 최강자가 수십 명 암컷을 거느린다는 무자비한 종족이라고 합니다.

제주도 오름들 중에는 이름 속에 노루를 품고 있는 것도 있고 사슴을 품고 있는 것도 있습니다. 이름 속에 노루가 들어있는 오름들로서는 노리손이, 큰노리손이, 족은노리손이가 있는데, 이름 속에 사슴이 들어있는 한라산 지명들은 더 많습니다. 우선 한라산 정상의 백록담白鹿潭은, 옛날에 '하얀 사슴들이 물 마시러 드나들던 곳'이어서 나온 이름이라고 합니다. 한라산에는 백록담 말고도 대록산[큰사슴이], 소록산[족은사슴이], 거린사슴, 녹하지악 등이 이름 속에 사슴을 품고 있지요. 노루와 사슴을 품은 오름 이름들이 많다는 것은, 이 동물들이 옛날 제주섬 사람들의 생활 속에서 숭앙의 대상이 되었다는 증거일 것입니다. 한국의 전래 설화에서 노루나 사슴이 천상세계와 지상세계를 매개하는 우주동물로 나왔음은 이 동물들을 영물스럽게 바라보았던 옛날 풍속을 말해 주지요. 신성한 동물로 숭앙하는 풍속으로 말하면, 노루보다 사슴 쪽이 훨씬 더했음이 사실이고요. 삼국시대에는 사슴을 무당의 상징이나 임금의 상징으로까지 보았다고 합니다. 후세에 이르러서 사슴이 불로장생의 심벌로 인정받았음은 십장생+長生의 하나로 선정된 것에서 나타나지요. 사슴은 스스로가 장수동물이기도 하지만, 녹용 등 불로장생 보약을 선사하니까요. 사슴은 전국적으로 개체 수가 극히 적은 멸종위기 1종으로 올라있다고 합니다. 제주도를 포함한 전국에서 그전에는 흔히 보이던 동물인데, 20세기의 혼란기에 와서 남획과 서식지 파괴 등의 원인으로 개체 수가 급감했다는 겁니다.

한라생태숲에서 쉽게 볼 수 있는 귀한 조류로는 백로가

있습니다. 여기에서 백로를 쉽게 볼 수 있는 곳은 연꽃이 많이 피어나는 수생식물원, 그러니까 오붓한 인공호수입니다. 연꽃 호수의 우아하고 고요한 분위기가 청초한 자태의 백로와도 잘 어울린다는 생각이 듭니다. 연꽃은 진흙탕 속에서 자라나도 단아한 꽃을 피우고 백로는 지저분한 물가에 살면서도 청아한 모습을 보여줄 수 있으니까, 같은 연못에 이웃하여 서식하는 것도 어울릴 것 같네요. 왜가리과에 속하는 새인 백로를 두루미로 잘못 아는 경우가 많은데, 특히 제주도 사람들 가운데 이런 일이 많은 것 같습니다. 겨울철새인 두루미는 제주도에 거주하는 것이 겨울에만 잠깐이니까 그런 착오가 많겠지요. 두루미는 두루미과에 속하고 한자 표현은 학鶴인데, 백로白鷺는 왜가리과에 속합니다. 왜가리과 새들은 제주도에서도 많이 볼 수 있는데, 이 새들을 그냥 백로라고 알면 대충 맞는다고 합니다. 두루미는 십장생에 나오는 장수생물이고 신선이 타고다니는 신령스러운 새여서 한국화의 화조도花鳥圖에 많이 등장했던 새이지요. 백로는 학처럼 장수하는 영물은 못되지만, 옛날부터 청렴한 선비정신의 표상이었지요.

백로에게서 풍기는 청아하고 고결한 분위기는 두루미와 비교해도 별로 손색이 없습니다. 마치 불심에 흠뻑 젖은 고승이 정적 속의 암자 안에 앉아서 참선하는 것처럼 장시간 부동자세를 지키는 백로의 모습은 연꽃 분위기와도 상통할 것 같습니다. 서있을 때에도 길다란 다리를 한쪽만 세우고 있는데, 그 다리가 너무나 가늘고 길어서 보는 사람으로 하여금 쓰러지지 않을까 불안스럽게 할 정도입니다. 하도 신기하여 무슨 이유인지 알아봤더니, 털이 없이 공기 중에 노출된 다리의 체온을 유지하기 위해 한 쪽 다리를 날개 속에 집어넣는 자세가 습관화된 것이랍니다.

또 하나 백로의 생태를 알아보던 제가 놀란 것은 그 사나운 성질이었습니다. '백로'라는 이름의 우아한 느낌과는 달리 새들 중에서 덩치가 제일 큰 편인 싸움꾼 백로에게 대항할 천적이 별로 없다는 것입니다. 휘장 같은 두 날개를 펄럭이고 장대 같은 두 다리로 하늘을 휘저으면서 달려들면 웬만한 동물들은 위압 당하여 꼼짝하지 못한다고 합니다. 이 새가 무서워하는 천적은 다른 동물들이 아니라 인간이라는 것입니다. 두루미와는 달리 뭐든지 잘 먹는 식성이고, 물고기이든 땅 위의 길짐승이든 닥치는 대로 잡아먹을 수 있도록 크고 날카로운 부리가 고성능 무기 역할을 한다고 합니다. 두루미의 서식지는 휴전선 비무장지대처럼 조용하고 청결한 곳이라야 하는데, 백로는 환경 오염된 곳이라도 먹을 것만 있으면 좋아한다고 합니다. 멸종위기에 처한 두루미와는 달리 한반도의 곳곳에서 많이 서식하는 것이 백로라고 합니다.

한라생태숲 탐방기

초판 1쇄 인쇄 2024년 5월 20일
초판 1쇄 발행 2024년 5월 22일

저   자 양영수
발행인 박지연
발행처 도서출판 도화
등   록 2013년 11월 19일 제2013－000124호
주   소 서울시 송파구 중대로34길 9－3
전   화 02) 3012－1030
팩   스 02) 3012－1031
전자우편 dohwa1030@daum.net
인   쇄 유진보라

ISBN 979－11－92828－55－8 *03810
정가 10,000원

도화道化, fool는

고정적인 질서에 대한 익살맞은 비판자,
고정화된 사고의 틀을 해체한다는 뜻입니다.